CALL US WHAT WE CARRY

わたしたちの担うもの

Amanda Gorman

アマンダ・ゴーマン

鴻巣友季子 [訳]

文藝春秋

わたしたちの担うもの

アマンダ・ゴーマン

鴻巣友季子 訳

文藝春秋

Contents

傷つき&癒しながら

進みつづけることを

選んだ

わたしたちみんなに捧ぐ

SHIP'S MANIFEST
船のマニフェスト

最悪の時期はすぎたとされる。

それでも、わたしたちは明日へのとば口にしゃがみこむ、

自分の家にとり憑く首無し幽霊みたいに惑いながら、

自分たちがすべきことはなんなのか、

きっちり思いだすのを待ちながら。

それにしても、わたしたちはいま何をしていればいいのか？

世界の娘として世界に手紙を書く？

わたしたちが消えゆく意味をもって書けば、

フロントガラスに言葉の滴がたれる。

その詩人の見立てによれば　わたしたちが生きてきた日々は

すでに歪んで熱に浮かされた夢と化し、

その輪郭はよどんだ頭から剝がされている。

責任をもつには説明が要る：

どう言ったかではなく、なにを意味したかを。

事実ではなく、どう感じられたかを

名づけ得ぬままに知っていることを

これからわたしたちに課せられる最大の試練は

証言することだろう。

この本は瓶に入れられたメッセージ。

この本は手紙。

この本はやまない。

この本は目覚めている。

この本は航跡*である。

なぜなら、記録とは決算でなくてなんなのか？

掠め取られたカプセル？

格納庫であり
言語化された方舟？

＆その詩人は
幽霊＆有益の、
悪魔＆悪夢の、
亡霊＆望観の保護人。

かくも由々しい光を

絶やさずにきたことに乾杯しよう。

［訳注］*wake は「通夜」ともとれる。

REQUIEM

レクイエム

PLEASE

お願い

自分自身＆まわりの　人たちの　[　]　保つ　ように　気をつけて＆　[　]　向かいあう

[　]　みんなの　[　]　[　]　人たち　[　]　この　[　]　ときに。

ARBORESCENT I
樹木のように I

わたしたちは

　　　　　樹木のよう——

ひと目に

　　　　つかないものが

その根っこの
^{ルーツ}

　　　　　まさに先っちょにある。

へだたりは
^{ディスタンス}

　　　　歪めかねない

自分が

　　　　なにものかという

奥の奥にある感覚を。

　　　　　へだたりにひねてへたばる

ふゆにふく

　　　　風のように。わたしたちは

自分が産みだした

　　　　ものから

歩み去らず。

　　　　　わたしたちは

しばらく

　　　　そこから離れず、

じっとして

　　　　ぶらぶら枝にぶらさがる

家に帰りたくない

　　　　という子どもたち

のように。わたしたちは

　　　　離れないだろう

わたしたちは

　　　　涙ながすだろう

この世界を

　　　　またもや

あきらめることに

　　　　なるのを知って

こいつの

　　　　せいで。

AT FIRST

はじめは

目の前の光景に言葉を失った
だれかと話しても文章は電報みたいに
ぎくしゃくしてエンストしたよう。
ミンナ　ゲンキデ　イラレルヨウニ／
デキルカギリ／
　　　コンナ　コンナンノ　トキニモ／
　　　前代未聞＆元首不在

　　　　　　　元気？　ってたずねるときも、
　　　　　正直／まともな答えが返ってくるとは思ってなかった。
死なずにがんばっていること、どんな言葉でなら伝えられるかな？
　　　わたしたちは痛みのプロとしてお金をもらうようになったね、
　　　　　　　　　　　　苦しむことの玄人、
　　　　　　　　　　　　　痛苦のエース、
　　　　　　　　　　　　ため息の達人。
　　　　　　　　　三月が身震いして一年たち、
　　　　　　　　　幾百万の、寂しく、ごった返す
　　　　　　　　　　孤独の飛沫をあげた。
　　　　　　　みんな祈ろう　もう二度とこんな
　　　きっちり、ぎゅう詰めの、禍が起きないように。

15

わたしたち、言葉を失いだしたね、
木々が秋に葉を忘れていくように
わたしたちの話す言語には
わくわく　とか
のりのり　とか　笑い　よろこび　友だち　集まる
という語の居場所はなくなった
残されたフレーズは
それじたいが暴力。
ビョーキかよ！

ハ！　うちら、まじ死んだね
いっちゃってるじゃん
☠☠

「ためす」というのはさ　無暗に刺すか
無鉄砲にうって出るかの賭け。
だれがこの世界を
惨禍に変えたのか知りたいんだ
血の赤字で意味をとりもどすレトリックに。
わたしたちは子どもたちに教える：
世に痕跡を残しなさいって。
だれかがひとを撃ちまくる理由なんて
この地球上に

足跡を残そうとする以外にあるかな？
そこに傷跡をつけ&そうして我がものにするため。
ひとの記憶に残ろうって魂胆、
ずたずたの惨状しか残らないとしても。
子どもたちよ、この地上に傷跡をつけないで。
どうかそのまま
わたしたちが遺したままにして。

メッセージ、長くなってごめん
言いたいのは手短に言えないことばかり
わたしたちは愛が口元に
言葉をとりもどしてようやく
再会のレトリックを見いだす。
わたしたちの気持ちはずっと
喉元まで出かかっている。

FUGUE
遁走曲

そうじゃないんだ
過ぎ去ったことにも胸の鼓動は打つけど、
もっと鼓動するのは　わたしたちが
取るものも取りあえず
感謝もせず　知りもせずに　通り過ぎてしまったすべてのもの。

またひとつ空白ができ、わたしたちは声を詰まらせる、
あっさりとした別れの贈り物。
またこうして「さよなら」を言うのはつまり
あなたの人生と引き換えに
わたしを生かしてくれてありがとうということ。
「さよなら」を言うとき、本当はこう言っている：
やあ、ひさしぶり　と言えるようになろう。

これはなまくらな疑念：
咳は一つ一つがカタストロフなのか、
接触者はだれもかれもが潜在的感染者なのか。
くしゃみ＆鼻水を一例ずつマッピングしながら
逃げてきたはずのウイルスはすでに
市中を席巻しているにちがいない。

わたしたちはそのあいだ寝てすごした。
その一年を泣いてすごした。
擦り減って&怖がって。

たぶん　そういうことなんだ
この肉体のなかで息をして&死ぬというのは。
わたしたちを赦してほしい、
これは、いつかも
来た道だから。

歴史がちらちらと
視界のなかで明滅する
ある映画がよろめきながら
わたしたちの眼裏をかすめる。

わたしたちは無数に足を踏みはずし
今日も歩数計の数字をいたずらにふやした
なぜなら一歩踏みだすごとに
理不尽に多くを求められるから。

そんな本質は不変のまま、
わたしたちは生ける屍（ウォーキング・デッド）のように日々をすごした、
病（やまい）と災いを恐れながら。

わたしたちは縮こまり、骨までしなびた、

干ばつ下の月桂樹みたいに。わたしたちの喉は

死に物狂いで働きつづけ、

足はくずおれた、

飢えた子鹿のように。

わたしたちはおぞましい禍を待ちかまえ、

海獣たちを結集させた、奴らが立ちあがりもせぬうちに。

わたしたちは囂囂しい深淵に頭をつきこみ、

引き抜けずにいた。

不安こそが生身のからだ、

いつも傍らに影のように浮かぶ。

倒れずにいる最後の魔物、

わたしたちを愛するゆえに去らない

ゆいいつの獣。

わたしたちはすでに何千という

死者となって新年度を始め、

心から、頭から、恐れから、真っ逆さまに、

　　　　ニュースの只中へ飛びこむたび、

こんどはなに？　と体はかたく強張った。

けど、**もしそうなったら？**　と訊ける勇気は誰にもない。

わたしたちは自分の中にどんな希望を隠し持っておけるだろう、

秘密のように、
　　　二度目の微笑みのように、
　　　　　　個人的で純粋な。

前よりずっとよそよそしい態度だったらごめん——[*]
もろもろおしまいにしようとする COVID ってやつのせいだよ。
いまでも握手&ハグは贈り物^{ギフト}みたいに稀少で、
与えても、与えられても、びっくり。
&だからさ、こんな感じのするものを
なんでもいいから探し求める。
肺の雑音までが　見知らぬ人たちとのきずなになり、
いちばん大切な人たちといっしょに、
一閃、魚の群れのように、
直感で向きを変えるあの感じをね。
たがいへの敬意は
　　　　　　腫瘍にやられたわけじゃない、
　　　　　　　　ただ変容しただけ。

ハローというのは、こういう意味だ。
二度とさよならなんて言わないようにしよう。
命がけで守りたい人がいる。
そういう猛々しい揺るがぬ本心を
そういう不退転の献身を感じてほしい。

愛のなせるわざとはこういうこと：

事実は事実とし　不安の先へ目を向けさせる。

わたしたちはこれ以上失えないほど失った。

わたしたちはまた頼りあおう。

水が水のなかに流れこむように。

このガラス張りの時間は　ひと息おいては、

弾をこめた星のように爆発するけど、

ずっとずっとわたしたちの一部。

これ以上なにを信じろというのだろう。

［原注］＊事実、アメリカにおける社会的信頼度は急減してきている。
注釈の David Brooks を参照。驚くべきことに、2021 年の研究によ
れば、1918 年のスペイン風邪の大流行の生存者の子孫には社会的
信頼度の低下が起きたと示唆される。Arnstein Aassve らを参照。

SCHOOL'S OUT
学校、おしまい

その知らせは
斧の一撃のごとく鈍く振りおろされた
学生はみな可及的速やかに
キャンパスから立ち去るべしと。

わたしたちは泣いたと思う。
頭のなか、消毒されて真っ白けになるまで。
早くも忘れてしまおうとしていた、自分たちが
どんな日々をこれから生き、
どんなものを手放すことになるのか。
＊　＊　＊
三月十五日に警戒せよ。
わたしたちは気づいていた、なにかが
居並ぶわたしたちのあいだに　うわさみたいに
はびこっているのを。
感染が血を流して迫ってくる
ナプキンに広がる染みのように。

［訳注］＊ジュリアス・シーザーが暗殺された日。

なによりもやっかいなのは、
自分が俗世（このよ）とは無縁の存在だと
思っている巨人（タイタン）なのだ。

＊　＊　＊

卒業式の日。

わたしたちにはガウンも必要ないし、

ステージも必要ない。

祖先たちと並んで歩みゆけば、

祖先たちの太鼓がわたしたちを祝して轟き、

その足がわたしたちの命のリズムでストンプする。

奪われてなお踊ることを選ぶ、

そこに力（パワー）の源泉がある。

THERE'S NO POWER LIKE HOME
ホームほど元気の出るものはない

わたしたちはもうホームにはうんざりだった、

まさにホーム・シック。

耳にかけたあのマスク

もう一年もかけてかけていた。

家に足を踏み入れたとたん、

わたしたちはもう大きく息をついて、包帯を引きーっ

剥ぐみたいにマスクをはずしてた。

傷口みたいにぱっくり空いた

口を守るガーゼみたいなあれを。

たとえ顔が見えなくても、ほほえみは

ひとの頬を登ってくる、

骨を一つずつつたって、

わたしたちの目元は、薄いわら紙みたいに

繊細にしわを寄せて

平等にはかない美に笑む——

ブルースを熱唱するような犬に、

大胆不敵に寄ってくるリスに、

大好きなあのひとのはじけるジョークに。

わたしたちのマスクは幕ではなくて窓。

自分とは、相手のなかに見るものにほかならない。

WHAT WE DID IN THE TIME BEING
とりあえずわたしたちがやったこと

□がんばって筋肉つけて＆元気でいること
□体を動かすこと
□心を伝えること
□距離をたもつこと
□正気をたもつこと
□オーヴンにはパンがうなっているように
□スマホはパーティのお断りで光っているように

大切なひとをつかまえるのも
薄っぺらなスクリーン越しで、
ズームのゾンビになった感じ、
プリズムの獄中に顔がはまっているようだ。
いわゆるペッティング・ズー*（ム）、
だけど、ほかに方法がある？
死なないための方法はこれ一つ。

こんなことになるまでになにを失ったか
子どもたちに今一つわからないとすれば、
それは幸せというものだろう。

□もし子どもたちがそのことを忘れていたら、
　　この詩を授けよ。
□もし彼らがわかっているなら、詩のことは忘れよ。

―――――――――――

［訳注］＊ふれあい動物園のこと。

26

SURVIVING
生き延びること

べつに赤字で書かなくたって、その言葉にわたしたちの血は
通っている。
悲劇に滅ぼされそうになってなお、わたしたちは溢れるほど感
じている。

わたしたちの顔は季節めぐる耕地のように、
うねったり、ひん曲がったり。
もしかしたら何年も先まで筋立てが計画されているのか、

鋤き起こされたばかりの畑に撒いた種のように。
夢のなかのわたしたちは勘だけを頼りに行動する。

自分たちがどういう存在なのか完全にはわからなくても、
自分というものには、これまで悉く耐えてきた。

いまでも身震いがする。
真実を明かされることの痛み。

こんな風にならなくてもよかった。
実際、ならなくてもよかったんだ。

死者は出発点なんかではなかったし／ではないし、
わたしたちが踏んで歩む踏み石でもない。

わたしたちからすれば、死んですらいないのだから、
あのひとたちを想って進もう。

こうして失われたひとたちの声を、自分たちと同じように、
いつまでも＆いつまでも響かせてようやく、
ひとはなにかを学び得る。

THE SHALLOWS
浅瀬にて

ふれあい不足＆
陽光に飢えた　わたしたちは、
内向する逆火<ruby>逆火<rt>ぎゃっか</rt></ruby>のように、
温かみを土台まで食い尽くしていた。
失意はどこまでも根深く貪欲で
奪い、奪い、奪っていく、
胃袋はどこまでも満たされない。
誇張ではなく文字どおり。
その空洞によってだだっ広い戦闘の埠頭へと
連れ来られたわたしたちには、
ゴージャスで＆おしゃれで＆いい感じのものはどれも贅沢品
というわけじゃない。

石像みたいにじっとしている間にも、
それはわたしたちの失ったものをそっくり抱えて、
亡霊のように巷を席巻していく

この人生の時間はなんだったのか、
まだそれは解読不能。

&それでもわたしたちは生き延びる。
&いまもわたしたちは書いている。
&そう、書いている。
あの霧を突き抜けていくから見ていて、
夕暮れの海にそびえる断崖のように。
このあとわたしたちは後悔する？
　　　　それとも好転する？

悲しめばいい。

そのあとに選べばいい。

& SO
で、それで

ハープを弾くのはやさしくて、
ホープをもつのはむずかしい

この真理は、"白吹き硝子の空"という比喩を聞いたときに似ている。
一瞬ですっかり感じとれるか、さっぱりわからないか。
輝かしさは小分けにできるものじゃない。
恐れにどっぷりつかっても、
この黒人の娘はなお夢を見る。
わたしたちは不動の太陽みたいに微笑む。

悲嘆は、去るときには、そっと
あの最期の息のように出ていく、
がっちり摑んでいたことに気づくのは漸くそのときだ。

地球は丸いのだから、
たがいに歩み去るすべはない、
なぜって、いずれそのうち、
また出会うだろうから。

ある種の距離は広がれども縮まらず、
目いっぱい近づいても、そこでおしまい。

CUT

切り傷

単純な傷つきかたというのはない。
生のダメージは生々しくて生身を裂くようで、
（聴き取れない声）
わたしたちは変えなくてはいけない、
あらゆる意味で、こんな終わり方を。
＊　＊　＊
病気というのは生理学的に死ぬこと、
孤立というのは社会的に死ぬこと。
そこでは、大文字の We が肺のように潰える。
＊　＊　＊
やがてわたしたちにはある場所が必要になる。
やすらかに血を流せる場所が。
すなわち一語でいうと、
詩、ということ。
＊　＊　＊
正しい言い方というのはない、
おたがいどれだけ恋しいか。
トラウマが奔流となって身体をめぐる。

骨に分かたれない痛み。[*]

わたしたちが同族の魂に向かうとき、

魂はみんなの生（いのち）の切り傷と共にある。

たぶん痛みは名前みたいなものだね。

あなたのためだけに謳うようにできている。

＊　＊　＊

わたしたちはおわびを伝える

声ふるわせて語りかける手のひらで。

　　　　　　　　わたしたちは未だ傷ついているけど、

いまではもう

　　　　　　　傷つけあいはしない。

遠慮がちに繕う方法はない。

慎重にこわすしかないんだ。

［訳注］＊この骨（bone）は物理的・身体的な境界や限界の概念として使われている。

GOOD GRIEF
やれやれ

トラウマという語の語源は、

たんに"傷"ではなく、"突き刺す"とか"ひねる"という意味、

刃がしっかり根元まで入るときみたいに。

哀悼^{グリーフ}は親密と想像で構成された

独自の文法をあやつる。

わたしたちはよく言う：

深い嘆き^{グリーフ}のあまり呆然として、とか、

想像もできないことです、とか。

苦悩に直面するといやおうなく、

これぐらいなら担えるとか

乗り越えられるとか思っていたものを、

あっさり超えたなにかを思い描かざるを得ない。

つまり文字通り、

良き悼み^{グッドグリーフ}というのは存在する。

心が痛むのは、

自分たちが生きて&起きていると痛感するから；

だからこそ、わたしたちは来^{きた}るべき、激烈で、

拷問のような、極悪なものに立ち向かえる。

そうして前を向くことで、

あらたに刺し貫かれる。

あれもこれも"ひっぱく"しているからって、

それを重荷や苦悶とせず、

錨と呼んでみてはどうだろう。

哀悼がわたしたちを海に係留する。
<small>グリーフ</small>

絶望は入ってきたときと同じように出ていく——

わたしたちの口を通して。

いまも、信念がわたしたちの舌に

不思議な魔法をかける。

わたしたちはふたたび築かれる、

わたしたちが

築く／見いだす／見る／言う／記憶する／知るものによって。

なにかを担うというのは、生き延びるということ。

わたしたちが担ったものはあとに残る。

わたしたちは自らを生き延びてきた。

かつて独りぼっちでいた場所に、

いまでは身を寄せあっている。

かつて自分たちが刃のように棘々しく＆野蛮だった場所を、
<small>やいば</small>

いまのわたしたちは想像するしかない。

WHAT A
PIECE OF WRECK
IS MAN

難破船のかけらが

人間と

いうことさ。

エセックス I

エセックス号というのは一八二〇年にマッコウクジラに攻撃されたアメリカの捕鯨船のことだ。乗組員二十名のうち、命拾いしたのはわずか八名で、この八人は三か月も海上に取り残された末に救助された。この悲劇がハーマン・メルヴィルの『白鯨』

悲劇を受け止め、本を書け。見よ。自分が溺れている間だけ猛烈に蹴る自分の足を実感できるのは、わたしたちは傷、傷つけられ＆傷にうらむ、深い海、あとどれだけの残骸がその中にあるのか。どこを見ても、破壊された体、体、体。文章を書くときには、「わたし」という主語は使うなと言われた。この声を消し去ることで議論が論理的になるのだと。でも自分があるからこんなによりも確信できるんだとわたしとわたしたちは気づく——自分の命を、身体を＆その鼓動を、ガタガタなり論旨を通してる。教えてほしい、消し去れなかったものをより力強いものはあるか。あの船乗りたちは波間に漂って何か月もすごし、自分たち以外の顔を見ることもなく、灼熱の海で色褪せた。それなりに長くて待てば＆少年らも獣のように頬をもち、鬚を胸にスカーフのごとく垂らすようになる。一体生を残るもの、救いだされたものの生まれ出てくる海か、動物ではなく、人間として？ここがわたしたちの生まれ出てくる海か、こんなにも野蛮であおと言うのか？それが疲弊しきり。足をひっぱりも。心張りつめて。イエス。それでも人間、＆人間。言い換えれば、わたしたちは自分が狩るものになる。獲物と同じようにに考えはじめてもそれは仕方がないのだ。殺戮が夜に掛けた世界のランプに油を注ぐ。わたしたちのこの一世紀は丸ごと血で真っ赤に染まっていた。鮫が船を屠ったとき、間違いなくその憎しみが生き物に宿った。捕鯨とは戦争に行くようなもの。帰還できないかもしれない、その読み解きをがたい難破の残数から。こうして漂流している残された小さなボートであり、座礁した乗組員らは約束の地から引き返した。人食いたちを恐れ、あの異人の赤いとき話を恐

・本作品の原語での改行などを再現したテキスト版
（Reflowable Text Format）を p. 253 に付録として掲載した。

をインスパイアした。この当時、クジラは脂肪を取ってオイルランプその他の日用品に利用するために殺されていた。

僕が話しているのは物語というより、難破船の残骸だ――ようやく読めるようになった、海に浮かぶ破片。
　　　　　　　　　　　　　　　――オーシャン・ヴオン
　　　　　　　　　　　『地上で僕らはつかの間きらめく』

れて。その一つ一つの決断は彼らの恐怖を荒れ狂う大海原はどこに広げた。わたしたちはそれとどこが違ったろう。綻び、魂を奪われ、覆った傷がそれより小さい者はいなかった。喪失の謎は解きがたい。すでに滅びているのに救われることなんてあるのか。熱病にとりつかれた幾月が過ぎたいま、ようやくわたしたちには見える、青い悪夢のしっぽの先に、友人たちの肉体が悪夢の牙をすでに触れあるのが。彼らは仲間の乗組員をすでに七体食べてきた。わたしたちは自らが逃げてきたものになり＆自らが恐れていたものになる。だれが光の代価を払うのか。わたしたちは間違っているのかもしれない。わたしたちはいま過つ。でも、こう信じるのは拒否し＊う、わたしたちの学ぶすべくは、鞭打ちと悲嘆、災いの灰燼しかないなどと。俗説に反して、わたしたちが嘘をつくのは容易く、身体にさえ手がかりがあり、血すらが真実に向かって流れる。わたしたちは生まれつき善いもので、排除されることもない。限界を知らない、見よ――わたしたちの手のひらはひらきながらも空っぽではない、いま花開きゆくなにかのように、愛するものたちと共にあり、ひたすらに信頼し、ひとを信頼し、前に進みながら、なおも抱えつづけるのだこのひとつかぎりの命を。

[訳注] p.37 本章のタイトルはシェイクスピア『ハムレット』の「What a piece of work is a man!」というフレーズを踏まえている。
＊キング牧師の演説「私には夢がある」のフレーズをアレンジしている。

CALL US

わたしたちの名は

わたしたちの型に痣を刻印し、
この日付をしるせ。

この体は折々に半分以上が
自分のものではなくなる。

わたしたちの躰は非人間の細胞を
容れる器になった。

細胞にとってわたしたちは
存在を乗せる小舟

不可欠のもの。
国

大陸
惑星

人間
微生物叢というのは、この体の

表面＆内面でうごめくなにか。
わたしたちの生の下で設計されるもの。

わたしたちは、わたしではない——
わたしたちは、わたしたちだ。

こうしてわたしたちが担うもの、
その名でわたしたちを呼んでほしい

ANOTHER NAUTICAL

これまた船にかんすること

すべての水は完璧な記憶をそなえており、元いた場所につねに還ろう
としている。　　　　　　──トニ・モリスン、『Site of Memory』より

英語の接尾辞 **-ship** はべつに船とは関係ない。

「質、状態、技術、役職」なんかを意味したりする。

この接尾辞の起源は古英語の **scieppan**、すなわち、
「形成する、創造する、構成する、運命づける」という意味。

さあ、**-ship** を単語_{ワード}の後ろにつけて&その意味を変容させてみよ
う。

Relation	→ship
Leader	→ship
Kin	→ship
Hard	→ship

つぎに、**-ship** を世界_{ワールド}の後ろにつけて&わたしたちの意味を変容
させてみよう。

この本は、船と同じで、その中で暮らすようにできている。

わたしたちは二頭でひと組になった動物じゃないか、

重たい心と、ひづめと、つのをもって、[*]

これから暮らす方舟へと行進していった。

わたしたち哺乳類は今日この日に、

鼓動しながら明日へとなだれ込むよう選ばれた。

* * *

話し言葉で ship するといえば、二つ一組として想像したり設定
したりすることで、

二人あるいは二つを一組にして、そう、ship するわけ。[**]

relationship を短縮して動詞化したもの。空白ができたところでも、
愛を夢見るために。

Relationship   →ship

抽出というのは、ときに

除去ではなく、増強なんだ。

短縮ではなく、達成。

切傷ではなく、成長。
せっしょう

ひとの生活は接尾辞の -ship をとりいれ、それを動詞にし、

　　　　音をくわえて、

　　　　　　　&勢いをつけた。

43

それは言葉にしかできないこと——

わたしたちを新しいものへ駆り立て、

そうしながら、たがいを近づけ→一つにする。

この 関 係 はたぶんわたしたちならではの特製品、
　　リレーションシップ

共 同 がわたしたちの本質であり＆必要なものだから。
フェローシップ

わたしたちは主に自分たちが想像するもので出来ている。

きずなって本当にあるんだ。

わたしたちを脅かす、

"they" という三人称はそこに要らない。

これがまさに愛の定義。

これまでも抱擁しあうのに、ひとを憎む必要などなかった。

ときめくハートを愛おしむのに、

怖がる必要などなかった。

この海のない難破船である

わたしたちが目指してきたのは、

黄土色の陸地ではなく、
イェロー

自分たちの仲間、
　　　　　フェロー

ひとが互いに

地図に標しあった海岸線。

［訳注］p.43 ＊旧約聖書のノアの方舟で「すべての動物はつがいで乗せられた」くだり
を思わせる。「動物たちは二匹でやってくる」という童謡もある。
＊＊relationship の略で好みのカップリングを想像することを意味するスラング。

44

昏いぶどう酒色***のわざわいを強い意志で渡りきり、

わたしたちはわたしたちに辿り着く。

＊　＊　＊

希望はやわらかな鳥、

この地球がいまもわが家なのか確かめようと

わたしたちはそれを海に放つ。

あなたに率直に聞くよ：

そうだよね？

＊　＊　＊

わたしたちは水のように、なにも忘れず、

なにもかもに先立つ。

言葉もまた水のように、

ある種、洗い流すもの。

言葉をつうじてわたしたちは身を灌ぐ、

自分ではないものを灌ぎ落す。

そう、言葉は

錨をおろし＆損われずにいることのしるし。

奮い立ち咆哮せよ。

古代のけものたちのように。

［訳注］***古代ギリシャの詩人ホメロスが得意とした形容辞に「ぶどう酒色の海」がある。災いや悲嘆を大海に準えている。

IN THE DEEP

深海にて

わたしたちはニュースのなかを泳いだ、
荒波にあらがう船のように。
一年間もひたすら、
アラートで明滅するほか、あたたかく瞬くことのない
テレビを灯台として。
まるで自分が夜中に産み落とされたなにかで、
人間らしさから引き籠って冬眠している気がした。
喪失の悼みで腕を組み、ひと繋ぎになって。
こうして過ごした日々にわたしたちがなにより求めたのは、
ただ、これまで愛したことのあるすべてのもの。
* * *
時間はハンドルを失くした酔いどれ自転車みたいに
おっくうげに進んでいった。

〜まで。
〜したら。
もとの生活に、
と、わたしたちは繰り返す、呪文のように。
「かつて」を呼びもどすために。
* * *

過去を悼もう、

恋しがるのではなく。

ふだんの生活を尊ぼう、

ありのままに思いだすのではなく。

気づかないでいよう。

どんなふうに

「ふだん」がエ……ン……ス……トしかけて、

&

ついに死んでしまえるか。

＊　＊　＊

そう、ノスタルジアにもそれなりの目的がある──

それは一つの移動なのだ。亡霊たちから、

もう戻ってこない仕事から、

母親たちの原始の叫びから、

学校を閉めだされた子どもたちの心から、

家族も付き添えない葬儀から、

待機中の結婚式から、

隔離中のお産からの。

もうだれにもさせてはいけない、

ひとり孤独に始め、愛し、終えることなど。

＊　＊　＊

この地球というのは魔法のひと幕だ。

刻々と美しいものが

舞台上で姿を消す、

まるで家に帰っていくように。

言葉には尽くしがたいことだ、

幽霊になり、追憶になるというのは。

この場所の一員であるということは、

その場所を、

その永き切望の長さを記憶するということ。

こんな挽歌ではもちろん足りはしない。

わかりやすく言おう。

あとに残してきた人たちの名でわたしたちを呼んでほしい。

＊　＊　＊

わたしたちにとり憑くのは、為されたことではなく、

自粛されたこと。

閉めだされ、遠ざけられたもの。

黒い打撃に見舞われるたびに、

固く握りしめたこぶし。

この幽霊たちは計り知れない。

でも、わたしたちの亡霊を恐れるな。

　　　　　　　　亡者から学べ。

＊　＊　＊

わたしたちは海流のようにゆっくりと、

ゆるがぬ信念をもって言えるようになった。

「希望をもてる場では、希望をもとう」

ことの重大さには、

百万もの繊細な段階があり、そのなかで献身を見いだした──

幼子の胸いっぱいの高らかな笑い、

わたしたちの肌がつやめく七月、

そして、夏景色の通りを霞ませる音楽。

まわりに友だちがいれば、

なにもなくたって、

笑い声がストンプする。

屋根に穿たれたこの穴をとおして

一片の空が見える。それと同じで、

わたしたちの負った傷もまた、窓だ。

それをとおして、世界を見つめる。

＊　＊　＊

わたしたちは奇跡（ミラクル）を祈った。

手にしたのは鏡（ミラー）だった。

見よ、わたしたちが

移動することなく集うさまを。

わたしたちはなにを理解してきた？　**なにも。**

なにもかもを。

わたしたちはなにをしている？

耳を澄ましている。

道に迷って初めて
わたしたちに必要なのは王国^{キングダム}ではなく、
このきずな^{キンシップ}なのだとわかる。
わたしたちをショックで覚醒させるのは、
夢ではなく、あくまで悪夢なのだ。

道に迷って初めて
わたしたちに必要なのは王国（キングダム）ではなく、
このきずな（キンシップ）なのだとわかる。
わたしたちをショックで覚醒させるのは、
夢ではなく、あくまで悪夢なのだ。

LIGHTHOUSE
灯台

人間に関わる事柄で自分に無縁なものはなにもない。
　　　　　　　——テレンティウス（古代ローマの喜劇作家）

わたしたちは会ったこともないのに、
&それでも互いを見失ってきた、
霧にふるえる二基の灯台として。
抱擁しあうこともできなかった。

今年という年はなかった。
あとの世代に尋ねられたら、わたしたちは答えるだろう、
それはこんなふうに過ぎていったのだと。
がらんとして、遊具だけがキィキィ鳴る公園、
セロリの茎のごとくまっすぐに横たわる屍、
ぬくもり、休日、みんなとの集まり&人びとが残した痕跡、
そんなものは、消毒液の臭う頭のなかで、
錆びついてしまった。
予定も保留のままゆらめき、
計画もなく、とはいえ目論見がないではなく、
瞬間は刻々とたゆたう。時間はこな　ごなに　　くだけ、
そのりん　　かくを　わたしたちは
頼りなく探るしかなかった。

（&教えて、一時間ってわたしたちの哀悼を区切る

地球の自転のほかになにを意味するのか）

まるまる何か月もが疾ぶように過ぎる、すばやいながらずるず

ると、

まるでリアミラーに閉ざされてじめつく虚空のよう。

わたしたちの魂は、孤独にして孤高。

その頃にはわたしたちの怖れは、代わり映えせず&的確で

お下がりみたいに着古されて&強くなっていた。

恐怖はわたしたちのお家芸ではなかったはずなのに。

＊　＊　＊

哀悼に閉ざされた心、

苦悩に同化した頭。

それでもなお、わたしたちはあの灰白色の機体から歩み去った、

居残る自由はあったけれど。

希望は静寂に憩う港でもないし、安息の地でもない。

わたしたちがしがみつくまさにその水際から

引き離そうと咆哮するもの。

わたしたちは会ったことのない相手でも、

ずっと前からその存在を感じてきた。

静かに&さまよいつつも、

前に進もうとする力に広く照らされて。

自分にとって無関係な他人はだれ一人いない。

COMPASS

羅針盤

今年は、ひとつの海ぐらいの大きさで、

胸がむかむかしている。

ページと同じで、わたしたちは

つぎつぎと開かれて初めて解読されうる。

なぜなら、本（ブック）とは、

まず体（ボディ）でないならなんなのか、

待ちこがれ＆恋こがれ、

みずからを満々とたたえ、

ひとつの完全なものになるのを夢見て——この本は

わたしたちでいっぱいだ。過去は一つの

熱烈なデジャヴ、

一つの場面（シーン）はすでに見られ（シーン）ている、

歴史という形で、わたしたちは自分の顔を見いだす、

見覚えはあるのに記憶にない、

なじみ深いのになぜか忘れている。

お願いだから。

何者なんだとわたしたちに訊かないで。

悲しむ（グリーフ）ことのなによりつらい部分、

それは名づけることなのだから。

痛みはわたしたちを引き離す、

なにか言いかけた唇のように。

言葉なしにはなにものも生きていけない、

自身を超えられないのは

もちろんのこと。

惑いのときこそ、共感にまさる

羅針盤はない。

いちばん見られる者ではなく、

いちばんよく見えている者になることで、自分を見いだす。

わたしたちはよちよち歩きの赤ちゃんが

あたたかな草原を自由に動きまわるのを見つめる。

なにかから逃げるのではなく、流れる川のようにただ駆けている、

それが赤ちゃんの天衣無縫さだから。

微笑む、そのたった一つのまばゆいもので、

わたしたちの顔はすっかり晴れる。

変われないはずがない。

HEPHAESTUS

ヘーパイストス[*]

さて、ご傾聴。

このしくじりの時代に、

墜落した

わたしたちは瓦礫に再び立たされている。

いったいこの身になにが起きたのか、

という問いは嘘偽りのない問いかけ。

まるでただの被害者、

このとりとめのないトラウマを送りつけられた

受取人みたいな顔をして。

みんなうな垂れていた、

その叫びを発したのが自分じゃないような顔をして。

わたしたちは昇るときも、

墜ちるときも同じように労苦（レイバー）する。

いつのときも忘れない、

自分たちの身になにが起きたのか、

自分たちの身を通してなにが起きたのか。

［訳注］＊ギリシャ神話の雷と火山の神であり後に炎と鍛冶の神。父ゼウスに打たれそ
うになった母をかばったことで天国から放逐された。

わたしたちはどれほど
光の近くに寄れるだろう。
目を瞑らないままで。

わたしたちはいつまで暗がりに耐えられるだろう。
自分たちの影のままでいながら。

さて、ご傾聴。
気がかりというのは負債なんだ。
わたしたちはいつも互いに借りがある。
＊　＊　＊
これは寓意ではない。
自分の中へ降りてゆけ、
生っていた枝に実が
取りこまれるみたいに。
その鮮やかな落下は　わたしたちがあるべき
姿の始まりにすぎない。
＊　＊　＊
わたしたちの足が階段を踏みはずすとしよう——

ショックはジグザグに血管を駆けめぐる——

——わたしたちの足は地面を赦すとしても。
血は血管でギザギザに脈打ち、わたしたちは
傷みやすいながら
鉛色で&生々しく憚（はばか）ることを忘れさせない。
　ときには

　　　墜落が

　　　　　わたしたちを

　　　　　　　いまよりもっと

　　　　　　　　　わたしたちらしくする。

EVERY DAY WE ARE LEARNING

わたしたちは日々身につける

わたしたちは日々身につける、
安逸より本質をともなう生き方を、
敵愾心なくてきぱきと動く方法を。
自分の力を超えた痛みをどうしたら
吹っ切れるだろう。
希望というのは技能や技術と同じで、
実践なしには持ちえないもの、
自分に求める、基本中の基本の創作物。

CORDAGE, or ATONEMENT
索具、あるいは贖い

［ヘンズリー・ウエッジウッド「英語の語源辞典」1859 年］

わたしたちを魚肉と呼んでほしい。
わたしたちは預言者(プロフェット)でもないし、
預金者(プロフィット)でもない。
わたしたちの一年はまるで巨大な獣の腹に
まるごと呑みこまれたよう。
ほかのなにものに熟(こな)しきれるだろう、
心痛(ハート)で脹れたわたしたちの心臓(ハート)を、感染の
戦線で神経をやられた*誰もかれも＆なにもかもを。海が
その息を、その時間を、おびき寄せるなかで。
まるでそのまるごとを抱えるかのように。

“持続する”というのは、離ればなれに
共存すること、距離をとりながら目一杯近づいて。
生者の一部であるためには、
そこから離れるしかなかった。
　　　　　　命はあっても独りきりで。
生き延びることで死ぬようなもの。

［訳注］*hell-shocked（戦線で神経をやられた）は shell-shocked（戦争で神経をやられた）
と掛けている。

* * *

　　　　atone（贖う）という語は

遡れば、中期英語の

「ひとつに」「調和して」を意味する at & on (e) を縮めたもの、

十七世紀の後期、atone の意味するところは：

「和解すること。和解をもたらすために

なんであれ必要な犠牲の痛みを被ること」だった。

そこにわたしたちの唯一の希望が泳ぐ、

その巨大さを計り知れない希望は、

水中に潜るナガスクジラのよう。

&わたしたちは苦悶しつつも

立ちつづける、

砂浜のように黄金の陽に染まり、

あらゆる予言に反そうとも、

“柔和な人びとがこの大地を繕うだろう”と聖書が言おうとも。[**]

* * *

わたしたちをはぐれ姉妹（オ ド シ ス）[***] と呼んでほしい、

血濡れのこの道のりのように悪賢い。

前触れ（オーメン）も出さなかった神々は人（メン）びとに前借りがある。

　　　　　　　前触れとは答え。

［訳注］[**] 原文 The meek shall repaireth the earth（The meek shall inherit the earth.「柔和
な人びとは地を受け継ぐだろう」新約聖書「マタイによる福音書」5 章 2-5 節を下敷
きにしている）

60

わたしたちはこの詩の体^{ボディ}に

軍勢を潜ませる。森に潜む狼みたいに狂暴な。

力があれば生き残れるわけではない。

耐えうるものが逃げられるとは限らないし、

&萎れたものだってまだ持ち堪える。

わたしたちは人びとがアーメンを繕^{メンド}い、

言葉がその手をぴしゃりと打つのを見つめる。

詩はそれ自体が祈りだ。

肉薄した言葉だけが意志をもつ。

この闘いの十年目が来るころ、

わたしたちはもはや自分たちの中に

影が勝手に住みつくのを許さないだろう。

できるならこの夜の闇から飛びだして、

頭からつっこんでいきたい。

わたしたちは人ひとり死ぬ目にあわないと、

変われないことがよくある。

＊　＊　＊

十回あまりも疫禍に襲われた

わたしたちをエクソダスと呼んでほしい。＊＊＊＊

わたしたちに見えるのは赤い色だけだから。

詩のような意図された言語を使って、

［訳注］p.60 ＊＊＊原文の Odd'Sis は Odyssey（または Odysseus）のゴーマン流女性形か。トロイ戦争とそこからの帰還の物語『イーリアス』と『オデュッセイア』の主人公オデュッセウスを形容するエピセットには「狡猾な」がある。

深い裂傷のようにわたしたちの内なる海を裂けば、
その潮(うしお)もまた悼み&惜しみなく与えるものだとわかり、
その水は分けて歩けるほど深いことを知る。

＊　＊　＊

いや、ちがう。

わたしたちがその鯨なんだ、

脹(は)れたハートで、

むせび泣かずにいられない。

わたしたちは手を貸さずにいられない。

もし選べるなら、けっして

選ばれし人びとの中には入らず、

変わりし人びとの中に混じろう。

　　　　　　　手をとりあうのはそれ自体が敬虔な仕事、

　　　　　　　わたしたちが取り組む言葉、

それに打ちのめされて解き放たれる。

未来には手が届かない。

未来は贖(あがな)われる。

歴史とひとつになるまで。

故郷(ホーム)がただの記憶ではなくなるまで。

［訳注］p.61 **** 原文 exodus。出国、離郷、旧約聖書の出エジプト記も意味する。

大切に思う人の

そばにいられるようになるまで。

わたしたちはなんと奇跡の難破船。

冷え冷えと＆ばらばらに

蹲^{うずくま}っていたところから勢いよく飛びだす。

ひと晩で伸び出^{いで}る葡萄のつるのように、

わたしたちは無理をしては＆無残に墜ちる、

いつかは帰る土のうえに。

＆だとしても、わたしたちは怯まない。

生まれ変わったこの一日だけでも、

自分たちの人生をとりもどそう。

EARTH EYES

地球の目

LUCENT
透明な

わたしたちはどんなふうに見えるだろう、まるで
冬枯れの木のように丸裸にされて。
てらてらした瘡蓋、硬くもりあがった皮膚、
月影の加減によっては銀色に映えるだろう。
いうなれば、
傷跡とはわたしたちの
いちばん明るい部分だ。

* * *

弓張り月の明かり、
夕闇に透ける傷、
わたしたちは月下に切り倒される樫の木々、
枝という枝に空虚を充たして。
もっと間近で見てごらんよ。
わたしたちは落としてきたものより
多くを分かちあう。

* * *

&わたしたちが分かつのは樹皮、骨。
古生物学者は大腿骨の化石ひとつから
ひとつの種を夢想し、
なにもないところに

ひとつの体を仮構できる。

わたしたちの生存者（レムナント）は啓示であり、恍惚としての

わたしたちの鎮魂歌（レクイエム）だ。

わたしたちは土になりかわるとき

皮を剝かれて保存された

真実になる。

＊　＊　＊

Lumen（ルーメン）は、血管などの管腔、

すなわち穴を意味すると同時に、

「光束」の単位、

すなわちその光源がどれだけ照らせるかを

示す値も意味する。わたしたちを照らすもの。

つまり、わたしたちも、

この閃光を体現する単位にして、

光（ルクス）が突破していく空隙なんだ。

＊　＊　＊

ごめん、光のいたずら

だったみたいだね、なんてわたしたちは言う、

瞼をごしごしやりながら。

いや、それとも冷光で惑わしているのは、

わたしたちのほうかもしれない──

こっちの影が星々にいたずらをしてる。

星々は視界を遮られるたび、

わたしたちを、怪物かも、いや、人間か、

肉食獣、いや、やっぱり人かな、

野獣かも、とにかく生き物、

ホラーなもの、ならやっぱり人類かもと思ったりする。

あらゆる星のなかでいちばん美しいのは

怪物にほかならない、

わたしたちみたいに　飢えて　座礁した存在。

LIFE

人生

人生とは約束されるものではなく、

追求するもの。

これらの 骨 は偶々見つけたのではなく、
ボーンズ*

わたしたちが闘って得たもの。

わたしたちの真実とは口にしたことではなく、

心で思ったこと。

わたしたちの教訓とはわたしたちが得たすべて、

&わたしたちがもたらしたすべて。

[訳注] *bones には遺骸の意味も、米俗語で「ドル、現金」の意もある。

ALARUM
警報／目覚まし

わたしたちは新しい顔をした警報として／死にゆく世界／の娘として書いている。／数学では、スラッシュ／またはソリドゥスと呼ばれるものは／割り算、何で割るかを意味する。／わたしたちは割られた／お互いから、人／人／悼み_{グリーフ}には川と同じで渡れ／ないものもある。／それは水に浸かって越えるものではなく／その畔_{ほとり}を歩くものなのだ。わたしたちの喪失は／渺々_{びょうびょう}として花々しく／見間違いようがない。地球を愛そう／裏切ってきたぶんだけ。はっきり言って／わたしたちは地球を難破させ／大地_{ソイル}を台無しにし_{ソ イ ル}／＆土壌を座礁_{グラウンド アグラウンド}させてきたから。／聴いてほしい。わたしたちはこの惑星に響きわたる／やかましい鐘の音／未来はわたしたちを／警戒させるべし。人は進行中の／神話だ。灰燼と化したものは還らない、／愛する人も、その息も、／砂糖をくずしたような氷河も、／独特のふてくされた歌を／噛みつづけるカラスたちも、／煙霧にひと振りで／斬り／つけられたすべての種も。／絶滅というのは／あの同じ一つの音を／静かに打ちだす／コーラスなんだ。取り戻せないものでも／記憶のなか／つぶやきのなか／心のなかに／産みだすことはできる。はっきり言うとは／物語の半分だけ／語ること。

EARTH EYES
地球の目

　　　　　　　　　　　　私たちが
　　　　　　　　　してきたこと。目下、わたしたち
　　　　　　　の顎は締めつけられ、肩は耳に釘づけにされ、
　　　　　　骨はむごい戦いにかまえている。次の世代を思うとい
　　　　　うのは、こういうこと：**毎日わたしたちの足元でこの大地が**
　　　　だめになっている。なぜなら、私たちは全地球の終焉を地球の隅々
　　　にまで行き渡らせようとしているから。こう言ったら信じてほしい。
　わたしたちも新しいものの想像を渇望しているんだと。つぐないは、わた
　したちが所有する土地ではなく、借りているまさにこの土地にあり、初めか
ら盗んできた地と血の滲む労苦にある。これほど壮大な首脳会議もない。水は
飲めるし、空気は吸える、風に形をなしては曇ける鳥たち、喘ぎながら天に大
きな息をつく木々、草原でくすくす笑う金めっきの子どもたち。引っくり返った
この地球を、初めて本気で取り戻さなくてはいけない。救ってほしいと本気で
乞われているのだから。子どもたちはこれから世界に立ち向かうだけでは足り
ず、世界を修復するしかない。その子たちと共にわたしたちも悲鳴をあげよう。
若者たちが助けてくれるよ、と彼らは言う。しかしそれさえも、地球の自
　発的な解放だ。いまわたしたちの短い人生は脂ぎった頭の怪物たちに狙
　　いをつけている。怪物たちはこちらが湿ったしゃがれ声をあげる間も
　　　なく牙を立てたのだ。過去の秩序をもつ世代は、わたしたちの
　　　　救済者ではなく、私たちの新兵となれ。ああ、親たちに
　　　　　は赤く＆飽くことなくいてほしい[*]、わたしたちと同
　　　　　　じように、違いを認めあうことに大胆＆
　　　　　　　懸命になってほしい。

［訳注］* 原文「how we want our parents red & restless,」ロルカの「緑よ、緑でいてほしい」
に閃きを得たフレーズ。

ARBORESCENT II
樹木のように II

樹木のように
　　　　　　わたしたちがしきりと
探っているのは
　　　　　暖気で、
それは
　　　　　この目ではなく、
このぼやけた
　　　　　体で探す、
内に縫いこまれた
　　　　　天使が探す。
斜め上へまっすぐ
　　　　　なぜなら
じっとしたまま&
　　　　　喜びにこの負傷を
見つけさせる
　　　　　方法はあるから。
低く鳴る
　　　　　音の
ように

　　　　わたしたちの

頭を

　　　　喪失に

洗われている

　　　　ときでさえ。

わたしたちは

　　　　おたがいの

いちばん良いところを

　　　　つかんで、

＆始める。

CAPTIVE

閉じこめられて

動物たちが街の通りに押し寄せ
答えまたは餌食を要求し
自分たちの失ったものを
奪回しようとした。
わたしたちは自然を求め、
鈍く蒼色にぬるんだ空と、
星をちりばめたさざめきへの
名もない欲求にさらわれた。
あの六月　わたしたちは靴を蹴り脱ぎ、
夏の熱に粘りつく足で、
なにものかの芝生に座りこんだ。
せめてこのつま先を
夏草の蒸気にあてようと。目の円盤を
閉じれば　わたしたちはいまもあの緑草のなかにいる。
わたしたちの樹皮をそよがせるのは、
想像のそよ風なんかじゃない。

［動物は閉じこめられると常同行動[*]と言われるものを見せる：
目的も機能もない反復的&不変の行動だ。常同行動の例として

［訳注］ ＊同じ動作、運動、言動を無意味に絶えず繰り返す病気の症状。

は、同じ場所を頻りと行き来する、過度のグルーミング、身体
を揺する、なにかを蹴る、過剰な睡眠＆自傷などが挙げられる。］

わたしたちの（回想の）コレクションは
灰色がかって＆なだれを打つ。
隔離はそれ自体がひとつの気候。
半年が過ぎてもまともに把握できなかった、
自分たちが刻々となにを失くしているのか。
わたしたちは自分の家で自分に何日も何日もつきまとい、
無茶苦茶に無為の日々に、ひっきりなしに悲憤した。
わたしたちは関節まで爪を嚙み、
歯が星屑になるほど歯ぎしりをし、
冒<ruby>おか</ruby>されていない思い出を頭のなかで
ぺらぺらと捲った。まるで幸運のお守りにしている
顔の擦り消えたペニー貨のように。
わたしたちは日々　地球の死
とともに歩む。希望という財宝は
わたしたちの喉の奥に埋蔵されたまま、息絶えた。
いったい「平常」ってどういう意味？
どういう意味なの？

［常同症は象、馬、北極熊、マカク＆人間など多くの動物に見
られる。この常同行動は野生動物には見られないので、檻に入

れられた生き物が精神状態を悪化させた強いサインだと考えられている。よって、常同症は異常とみなされる（というより、真に異常なのは閉じこめた環境のほうなのだが）。この行動は狭い檻のほうが発症しやすい。「虜になる」とは、みずからを修辞化することである。]

ひとつの現生人類（サピエンス）として、わたしたちは通りに押し寄せ、
答え＆変化を要求した。
愛するというのは、頼れるということ
自らを恃む＆互いに恃む。
わたしたちが自然を求めるのは
自分たちの起源を求めるから。
その緑もつれあう場所では
わたしたちは取るに足らない
＆それでもなにも劣らぬ存在。
わたしたちはひとつひとつ数える
臓器順に打つ脈を。このおかげで
わたしたちは直立哺乳類でいられるのだ。
蟻の間では、ときには女王までが
死んだ仲間を担ぎ＆埋める任を負う。
この打たれ強いハートを手に入れるだけでも
わたしたちは数えきれないものを差しだすだろう。

［閉じ込められると、動物たちは同じ行動を、同時に、同じ場
所で、何度も何度も行い、同じ結果を得る。ここで説明してい
るのは、狂気あるいは2020年のことである。］

おそらく、怖れに襲われてずたずたになった土地のひとつもない、
蒼の天空が広がるだけの日が
来るんだろう。この惑星の美しさは、
忘れずに目を向けさえすれば、
わたしたちを赤子のようにノックアウトする。
ケアするとは、誓うこと
わたしたちはここにいるよ、
存在するよと。
わたしたちはそうして初めて
解き放たれる。

PAN

パン

Pandemic（パンデミック）は「す
べての人びと」を意味する。
Pandemonium（大混乱、
地獄）は「すべての
悪魔」を意味する。
Pandora（パンドラ）
は「すべての天才」
を意味する。わたした
ちが神から授かった性
質のなかにあるもの。さて、
パンドラの「箱」とはじつは半開
きになった「壺」、つまりピトスだと覚
えておこう（この誤訳を伝えると、その"作
り話"のほうが記憶される危険があるが）。ピト
スとは、穀物、油、小麦&遺体までも保管する容れ
物のこと。わたしたちはみな自らの哀悼を寝かせてお
く場所が必要だ。安置しておけるどこかべつの場所。
その壺にはあらゆる疫病、あらゆる痛み、あらゆる
希望を入れられる。パニックを起こさないで、仲
間に頼ろう。自らの担ぐ棺をも開ける好奇心、
それがわたしたちにほかならない、手
放したすべてのもの、それが
わたしたちにほかならない。

［訳注］＊「パンドラの壺」が「パンドラの箱」と誤訳されたのではないかと言われている。

MEMORIA

記憶術

MEMORIAL

記念碑

物語を語るとき

わたしたちは記憶を

生きている。

古代ギリシャでは、詩神ムーサ、すなわち記憶の女神ムネモシュ
ネの華奢な足の娘たちが、芸術家に閃きをあたえると考えられ
ていた。ひとを創造に向かわせるのは、知悉ではなく追想とい
う営みだ。トラウマ、ノスタルジー、あるいは宣誓証言^{テスティモニー}から、
数多の偉大な芸術が生まれるわけがわかるだろう。

けれど、なぜ頭韻が出てくるのか？
なぜ音律は拍動し、シラブルはひと連なりになるのか？
あなたの中に過去を打ち返すのは詩人の仕事。

詩人は物語を"語る"ことも"演じる"ことも超越し＆
物語を思い返すのではなく、その茫洋さに触れ^{タッチ}、味わい^{テイスト}、
閉じこめる^{トラップ}。

かつて孤島に置き去りにされたムネモシュネが今になって、わたしたちの中に安全な港を見つける。
そうしたお話がわたしたちの飢えた口にどうと込みあげるのを感じよ。

PRE-MEMORY
前記憶

マリアンヌ・ハーシュ*は、ホロコーストを生き延びた人たちの子どもは両親のトラウマを抱えて成長するという説を唱えている：つまり、自身では経験していない惨事を思いだすことができるという。ハーシュはこれを後記憶(ポストメモリ)と呼んでいる。シオ・ヤン・チュウ**は彼女が「後記憶恨(ハン)」と呼ぶものについて論じている。恨(ハン)というのは集合悲嘆(コレクティブグリーフ)を表す韓国独自の概念だ。ならば、後記憶恨(ハン)は前世代から韓国系アメリカ人に受け継がれた恨(ハン)ということになる。チュウの著作によると、「後記憶恨(ハン)というのはパラドックスだ。なぜなら、記憶されている経験はバーチャルであると同時にリアルでもあり、伝聞でもあると同時になじみ深く、昔のことであると同時に現在のことであるのだから」。黒人たちの体はジム・クロウ***の鞭のような木霊に貫かれているのだ、生まれもしないうちから。

＊ ＊ ＊

トラウマは深く＆必ずめぐり来る季節のようなもの。わたしたちは窓に板張りしてその猛威を防ぐ。

トラウマは過ぎ去っていくときでさえ、咽(むせ)びながら猛々しくうちのポーチに舞い戻ってきたりする。

［訳注］＊アメリカの比較文学者。専門はジェンダー、女性、セクシュアリティ。
＊＊韓国系アメリカ人の学者、詩人、#me too 活動家。
＊＊＊アメリカで差別された黒人を意味する。黒人分離政策や選挙権の制限などの制度そのものをジム・クロウ法と呼んだ。

わたしたちは恥をかかないよう良きものは片端から破壊する。

この場所を去るのも愛するのも　なんてたやすいんだろう。

＊　＊　＊

そんなわけで、集合記憶というのは必ずしもじかに経験しなくても記憶されうる。悼み、癒し、望みは、一人称に限るものではなく＆しばしば多人称で思いだされるものなのだ。

スペイン語でも他の多くの言語と同様に、動詞変化がしばしば代名詞の役割をする。**Llevo** は「わたしは担う」という意味だ。代名詞 **yo**（「わたし」の意）は不必要になる。「わたし」はそこに無いわけではなく、在ることになっている。たとえば、**Lleva** はこの単語だけで、彼女／彼／それ／あなたが担うことを意味する。典型的とはいえないまでも似たようなことは後記憶にも起きる。後記憶とはソロではなくコーラスなのだ。忠実なるひとまとまりの「わたしたち」。人びとの上にではなく、その中にある。トラウマはこのようになる：わたし／彼女／彼／あなた／彼女ら／わたしたちは覚えている。わたし／彼女／彼／あなた／彼女ら／わたしたちはそこにいた。

＊　＊　＊

おたがいのそばにいるのに、恐ろしかった。

ほかのだれが痛みと近さを混同するというのか。

わたしたちの口から出る言葉を信じないで。

溺れないでいるためには　なんだって言うんだから。

＊　＊　＊

「前記憶」とはまだ経験している最中のことを思いだす現象で
あると仮定しよう。わたしたちはそのようにして、目の前の現
実を、その現実がたった今も展開しているさなかに集合記憶と
して理解する。思い出というのは一人の人間に属するものでは
ないし、時系列上の明確な終わりがあるわけではない。表明は
こういう形になる：わたし／彼女／彼／あなた／彼女ら／わた
したちは知っている。わたし／彼女／彼／あなた／彼女ら／わ
たしたちはここにいる、ということ。

＊　＊　＊

傷がしゃべりだすまでつついてみよ。

あらゆる記憶はそのようにして発動する。

わたしたちは頭をたれて身を二つに折り、

はるか以前に響いた木霊となる。

＊　＊　＊

人生において悲劇または喜劇を経験している最中に、すでにこ
う考えている人もいる。**これはいつかどんなふうに他人に語ら
れるだろう？　語られることはあるのか？　わたしたちの来し
方の物語はどのように語りだされ得るのか？**

前記憶はひとつの共同体としてわたしたちが何者なのかを定義
する。わたしたちはいまだその渦中にありながら、この経験を
忘れたり、消去したり、検閲したり、歪めたりするだろうか？

それが克明に思いだされないように。あるいは、それを問い、担い、保ち、分かち、耳を傾け、正直に語るだろうか？　それが丸ごと繰り返されなくてもいいように。これが集合的忘却＆集合的記憶の倫理的な違いだ。

ストーリーテリングというのは、未分化の曖昧な記憶が芸術に、創作物に、事実になり、いまいちど感じられ、自由になる方法だ。もっと僅かなものを礎として数々の帝国だって打ち立てられ＆打ち倒されてきたのだ。語られず、探られず、解明されず＆噴出したことのない記憶ほど人を苦しめる危険なものはない。悲嘆(グリーフ)はいつ爆発するかわからない手榴弾(グリネイド)だ。
＊　＊　＊
この辺りじゃ微笑みは夜空に突然あらわれた星のよう。すでに死んでいるのに瞬き＆装填されている。
どうせ死ぬのに生きるのは宿命だけど　そこには贖いがある。

これまでのところわたしたちにわかるのは、自分たちが(ソーファー)
自分たちの知るものから遠く離れていることだけ。(ソーファー)

87

WHO WE GONNA CALL[*]
だれを呼ぼうか

ものを書くことは幽霊を保存することにほかならない。
——キャメロン・オークワード‐リッチ
「幽霊の出現についてのエッセイ」より

わたしたちが幽霊を呼びだすのは、
おもに答えがほしいから。
わたしたちはつまり
その記憶ゆえに幽霊を求め
＆その記憶ゆえに恐れもする。
わたしたちの国は、陰の地。
それでも亡霊といえばわたしたちばかり。
誰かを、または何かを
召喚するなら、
それはこの柔い自分自身にしておこう。
＊　＊　＊
幽霊と同じで、わたしたちも言うことが
沢山ありすぎる。なんとかしよう、
墓場にいるとしても。
わたしたちはこの場所と同じで、
とり憑かれ＆飢え疲れている。
過去というのはわたしたちの帰るところ

いまいちど淀みない姿にもどすところ、
すべてが耀くあの場所で。

WHEN
そのとき

このことの計り知れなさを忘れる。それでもそれは自分たちの
ものであるだろう。なぜって、そんな謎の数々をわたしたちは
書き留めておいたから。ほかの人たちのあえてしないことを、
わたしたちはやってのけた。きらめいて＆危険で＆希求された
あらゆる痛みを集め、ぜんぶスクラップにした。それらを地図
化するための言葉はまだ持たないまま。

わたしたちのことを、このことを、いつか思い起こす人もいる
だろう。もう別な時代で、それどころか別な名前で呼ばれてい
るかもしれない。

わたしたちは互いの体に腕をまわす、まるで自分たちの内にい
る自分をそっくり抱きしめられるみたいに──わたしたちを血
の通わない小点にしてしまったなにもかもを。おそらく明日は
今日になるのを待ちきれない。

この一度の人生において、わたしたちは歓喜のように、はかな
いけれど確かで、観念的で＆完全無欠で、かがやき＆かがやき
つづける亡霊なんだ。

VALE OF THE SHADOW OF DEATH
or
EXTRA! EXTRA!
READ ALL ABOUT IT!

死の影の vale
あるいは
エクストラ！　エクストラ！
それのことはぜんぶ読もう！

真実を書くと約束しよう。

最後まで聴いてほしい。

これは、ある一つの語が開花して一つのウイルスになり＆その後一つの体になり＆そしてその体はたくさんの体になるという話。

"スペイン風邪"というのはスペインを起源とするものではなく、それどころか、最初に記録されたのはアメリカ合衆国——カンザス州、1918 年 3 月 9 日（3 月にご注意）。しかしスペインは第一次大戦において中立国であったため、この感染症の市民への報告書を規制しなかった。*

真実を話すと、"作り話"のほうが記憶される危険がある。
無数の国々がたがいに責任をなすりつけあった。アメリカがスペイン風邪と呼ぶものをスペインはフランス風邪、またはナポリの兵士と呼んだ。ドイツはロシア疫と名づけ、ロシア人は中国風邪と呼んだ。

［訳注］＊参戦していた国々は軍事行動への影響を恐れ報道規制していた。

無知はおめでたいと言われる。無知とはこういうこと。木をこっそり這いあがる蔓、毒ではなく、光を遮ることでわたしたちを殺す。

────────────────

1882年の「中国人排斥法」によりすべての中国人労働者は米国への移民を禁止された。これは合衆国において「合法」移民と「不法」移民とを分ける初の連邦法となった。この法が署名される何世代も前から中国人移民はコレラ＆天然痘のキャリアだという偏見をもたれていたのだった。

ここでもまた、言葉が甚大な問題となる（なった）。

一つの国民を丸ごとスケープゴートにする第一歩はその人たちの価値を非合法化すること——ずばり恐怖の主催者[**]だと名指すこと。

わたしたちは新たに知り合った友人が名前にまで暴力を振るいかねない舌を牽制するのに下の名前を伏せてくるたびに、心のどこかで気がとがめる。

遺産というのは直接的な回想によって受け継がれるのではなく、間接的な語り直しを経て伝わるもの。あとにつづく人びとはこの時代を覚えていないだろうが、この時間はまちがいなく彼らのあとをついていく。

────────────────

では、引き続き。

この不和は大昔からのもので　わたしたちの化石がつくれそう。歴史はもはや丸まるわたしたちのものではない＆とはいえわたしたちだけのものではある、まるで理解されないままに。

スペイン語では、**vale**（発音は**ballet** - バレエ - と同じ）は沢山の意味をもっている。「オーケイ」「了解」「いいね」「だいじょうぶ」など。動詞になると「〜の犠牲を払う、〜だけの価値がある」という意味になり、英語の **value** にとても近いけれど、スペイン語の **vale**

────────────────

［訳注］**host（主催者）には寄生生物の「宿主」の意味もある。

はさまざまなニュアンスで多用される。

この感染症は「アジア型コレラ」などと呼ばれたが、ヨーロッパで猛威をふるった。天然痘にしても最初に南北アメリカに持ちこんだのは、アジア人ではなくヨーロッパの侵略者たちで、何百万人という先住民たちに死をもたらしたのだ。

ときどきベッドの下からわたしたちの怪物を呼びだして、彼/彼女/それがわたしたちの顔をしていないか確かめるべし。

───────────────

わたしたちの言葉がわたしたちみたいな顔から飛びだすと憎む人もいるだろう。
1918年に流行性感冒の感染がシカゴにまで拡大すると、ジョン・ディル・ロバートソンという市の衛生局長が南部のジム・クロウ法下の弾圧を逃れて北部の街にやってきたアフリカ系アメリカ人たちを指弾した。のちにわたしたちの

祖母や母たちが生まれる湖に囲まれたその同じ街で、1918年7月8日、〈シカゴ・デイリー・トリビューン〉がこんなヘッドラインを打った。「黒人五十万人生活向上を求めて　南部州から北へ押し寄せる」

待って待って。約束するって、ちゃんとまとまった話になるから。オーケイ？

Vale ？

〈トリビューン〉の記者ヘンリー・M・ハイドはこう書いた。黒人たちは「暗く不衛生な室内にぎっしり詰め込まれて生活させられている；彼らの周囲には　取締りのゆるい酒場や、もっと悪質な盛り場があり、誘いこもうとしきりに手招きしているのだ」

虐げる側は決まって言う。虐げられる人びととはそんな押しあいへしあいの檻にいたいのさ。今のままで心地よく寛げるんだ。ご主人はこう主張するだろう。奴隷の鎖は

了解を得たものなんだ、善いものだし、だいじょうぶだし、オーケイなんだ——つまり、鎖は鎖なんかじゃ全然ないんだ。

人種的な侮辱をすれば、わたしたちは哺乳類に返る。もっともそれほど自由じゃないけど。

手短にいえば、侮蔑の言葉を発すると、その声で人はけだものになってしまう。

_____

以下は、善いものとも、了解の産物とも、だいじょうぶとも思えないだろう。1900年、公衆衛生局長官だったウォルター・ワイマンは腺ペストを「鼠を食する人びとに特異な、東洋の病」と定義した。まるで人は摂取したものだけで出来ていて詐取したり、囀ったりしたものは関係ないかのよう。

ワイマンは死んだ。

ここで問題なのは、彼が過ちを犯したまま

死んだということ。

それを生き延びなかったものによって漸くわたしたちは言語を充分に理解できる。

というわけで、無知というのは声になると　人を打ちすえる——青、黒、黄、赤、七色の嫌われ者。スペイン語では、定冠詞の the は英語よりはるかに頻繁に使われる。

Blue は el azul、つまり the blue。Black は el negro、つまり the black。歴史は history ではなく、the history。まるで数多の過去が沸き立つゆえ＆どれをゆるすか（ゆるせるものがあれば）はっきりさせなくちゃいけないみたい。
わたしたちの国——わたしたちはそれを非グレートだからといって見捨てない、自ら善くあることで見いだしていくべきだ。

_____

善というのはなにか新しいものへとある種の恵みへと、自分たちの

言葉を進めていく方法だ。スペイン語では **valor**（価値）という語は英語の **bravery**（勇敢さ）という語と同じ意味になる。勇気を出すには犠牲を払う必要がある。そうでない勇気ならなんの価値もない。

だれがより多くのものを払うか＆なんのために払うか。仮にもそれを理解しているなら、**vale** と言おう。

この振る舞い[アクト]はおのずと語る。こう言っているかのように：わたしたちが両手にうずめた顔をあげ、夜と呼ぶこの影から出ていく、そういう意味だとわかっているよ、と。

わたしたちはずっと空の見えない淵を歩いてきた。ただ、だいじょうぶでありたくてそれだけの犠牲を払ってきたのだ。

———————————————

この感覚は、痛苦[つうく]か、詩句[しいく]か、それとも両方か。でも、少なくとも偽物ではない。

無知はおめでたくない。幸の溢す

ることではなく、無知とは逸すること。空を見ないようみずから遮断してしまうこと。

手紙の締めくくりに、真実をすっかり書くと誓おう。わたしたちは見る者であり、見られる者。そんな自分でいられなくしてしまうすべてのものに別れを。勇敢で、直立したけもの、それがわたしたち。生き永らえた人たちの青い曲線を横滑りして抜けよう。その約束だけがわたしたちの交わす明快な真理。空はどこまでも巨きく、拒まれず＆了解されている。たぶん光の代償を払える人なんていない。価値あるすべてのために幾らかでも温もりを繋ぎとめておこう。

BACK TO THE PAST

バック・トゥー・ザ・パスト

ときには神の慈恵までが溢血に転じる。

命を失った人たちがいれば、
&わたしたちが失った人たちがいるけど、

彼・女たちをやっと再入力できるかもしれないね、
そっと召喚されていったわたしたちの"誰かさん"をみんな。

タイムトラベルに最も近いかたちとは
わたしたちの不安がやわらいでいくこと、

かたくなな傷がほぐれていくこと、
わたしたちが同類に近づき、

以前のわたしたちに
還っていくにつれて。

以前のわたしたちは
何物でも何者でもなかった――

それは、わたしたちが憎しみの邪心も知らず
＆邪魔するものも知らず、濡れぬれと咆哮して生まれ、

これからまだあらゆるものになれた頃のこと。
時間を遡るというのは思いだすことだ

自分については愛しか知らなかった頃を。

ATONEMENT

あがない

ERASURE

消去詩

つづく幾つかの詩は「消去詩[*]」だ。あちこちを抜き取られたド
キュメントという意味。この状況を過ぎし年と呼ぶ人も、長
き年と呼ぶ人も、握手のない年と呼ぶ人も、愛のない年と呼
ぶ人もいるように。建設的な──＆破壊的でない──消去詩
で大事なのは、抽出(エクストラクト)ではなく伸 張(エクステンション)を生みだすこと。消去で
はなく拡 張(エクスパンジョン)なのだ、それによってわたしたちが求めるのは、
文字の下に潜むもの(アンダーライティング)、水で薄めた言葉たちの水面下にある底流(アンダーカレント)。
言葉たちが溺れないようにすることが肝要。そうすることで、
ペンは昔から存在しているのに歴史＆想像の外へと流浪してい
た身体を、真実を、声を、昂らせ、呼び覚まし、渉猟し、暴き
だすように見える。この場合、見いだすために消去している。

［訳注］* 文中の言葉を抜き取って作るスタイルの詩。
原テクストについては注釈も参照のこと。

100

CONDOLENCE

お悔み

わたしたちの疫病神は告げようとしていました。
セシリアの死を——

あり得ない

この疫病は襲いました
　　　　　　　それはここにもたらされ
瞬く間に広がった

日常の活動を停止させて
　　　　　　とことん打ちこんだ

わたしたちは可能な何もかもを比較的失いました

この病人は決して誰かが　ではなく

わたしたちは感じたい
　　　　　　　この病は

費用も時間も手間も容赦なく奪う。
まったくもってわたしたちはお終いになりそうで

この国を襲ったこの病気は
ほかのどこよりここがひどく

　　そういう予定ではありませんでした

疫病がまた始まったからには
わたしたちにはやるべき仕事があり

　　わたしたちは信用のおける機関^{ボディ*}

［原注］*ヤカマ・インディアン・エージェンシーの教育長からの弔文の消去詩。ワシントン、1918 年 10 月 29 日。インディアン事務局。

102

LETTER FROM A NURSE
ある看護師からの手紙

誰しもいつかは死ぬ運命にあります
わたしたちは自分を幸運だと考え
わたしたちを信じて
わたしたちはそこにいて＆なおも留まるつもりでした
わたしたちには名づけ始めることもできない一連のできごとを
家に帰す
おお！
最初の死者が出るとわたしたちは狼狽し
昇る太陽はかくもおぞましいもので
＆それでも

毎日
わたしたちはコールされ＆待機して
もし運が味方してくれたら、自分を見いだすかもしれません。
わたしたちの手から命を絞りだして
言うべきことがたくさんあります。
わたしたちが今後
平常の生活をまさか一年間
やり通せるとは思えないのです。

たぶんわたしたちは覚えています。

すべての学校、教会、劇場、ダンスホール、

などが

ここでも閉鎖されています。

上院に法案が出ました。

わたしたちは希望を持たずにいられません。

ハ！　ハ！

わたしたちが死んでいなければ

手紙を書いて

書いて

　　　であるように

　　　をするように

　　　　　　ように†

［原注］†ハスケル・インディアン・ネイションズ大学の彼女の友人への手紙の消去詩。
カンザス、10 月 17 日、1918 年。インディアン事務局。

104

[OURS]
［わたしたちのもの］

しかるべき敬意を贈られるよう
黒人^{ニグロ}たちに――

神父の死に。

この人たちの　に来ないように。

これがわたしたちの見解だ――

ご意志によって、その言葉を

与えられているのだから。

黒人はみな、わたしたちに資格のある

役割を負債とみなしていたのだ。

ある種の流行性感冒が

あらゆる事業&

組織を見舞った、わたしたちの健康は害され、

わたしたちは切り裂かれた傷から回復した、

その傷は、

このかん　＊によってつけられた――

ヒュームは治癒した。

あらゆる善を共になそう。‡

［原注］‡ジョージ・ワシントンから妹のベティ・ワシントン・ルイスへの手紙の消去詩。
1789 年 10 月 12 日。国立古文書記録局。
［訳注］＊原文は impost- と途絶している。impost だけであれば「関税」だが、impostor「妖
物」／ imposture「奸計」などの語が想起されるようになっている。

SELMA EPP

セルマ・エップ

彼らは距離をとっていました。

自分たちの病をつくりだして。

人びとは望んで――

神よ、この疾病を取り去りたまえ。

誰もが　になった。

だんだん＆だんだん衰弱して。

最も強い者が運びだしました

ひとりひとりを。

抗議。

ダニエルは二歳；

まだほんの幼子でした。

あの子の体があの子を連れ去ったのです。§

［原注］§ セルマ・エップによる談話の消去詩。彼女は 1918 年のインフルエンザ感染
流行中、ノース・フィラデルフィアのユダヤ人街に住む子どもだった。

THE DONOHUE FAMILY
ダナヒュー一家

たいてい人は

       おち　る。

人間は　　　　　　　よくだから。

みんな　　　　　　　死んじゃいけなかった。

その大半　移民。

この人たちは約束された土地から来たんだ。

生き生きとやってきて、

&　　みんな

ぶっ壊されてしまった。

［原注］¶マイケル・ダナヒューの談話の消去詩。彼の家族は 1918 年のインフルエンザ禍に見舞われたとき、葬儀屋を営んでいた。

DONOHUE
FAMILY LEDGERS

ダナヒュー
一家の帳簿

わたしたちの西暦紀元は

ある人がどんな人で、

どこに住んでいて、なにで死んだのか教えてくれる。

でも　わたしたちは杜撰で

＆整理がつかなくなり、棒線で消され、

端っこに走り書きされ――

ほとんど無理だ

わざわいの＆ざわつきのわだちを追うなんて。

わたしたちはしなかった。

わたしたちは知り合いを埋めた。

わたしたちは見知らぬ人も埋めた。

ある女の子。

ひとの世話をするというのは

人間らしい行いだった。

わたしたちには責任があった。

底に走り書きされた

その"女の子"の文字、

「この女の子は壕に埋められた」

この女の子はわたしたちの濠{ほり}となった。

ほかのどこに彼女を置こう。[**]

___

[原注] [**] 家族の帳簿についてのダナヒューの談話の消去詩。

DC PUTSCH
DC 暴動

連邦議事

堂は恐ろし

い夜気のきらつきに

街が見せる緊張を感じて

いたが、最悪の事態はまだこ

れからだった――ワシントンはな

にかに突入するような不穏さをまざ

まざと見せていた、わたしたちには

それが何かわからなかった。わたした

ちは静かに動きまわった。――しかつめ

らしく＆しっかりと。国を築くのにはさ

まざまな感情を経験していたが、こんなのは初

めてだった。男たち女たちが議事堂のドームの陰に、ホワイト

ハウスのまえに正面口に押し寄せ、追いかけ、引っ張り、殴り＆殺したことを事実（トゥルース）として認める
なんて、わたしたちにはほとんど無理なことだった。わたしたちが予期していたのは人びとが慌
てふためく光景だった；ところが、気がつけば自分たちが震えあがり＆怯えていた。何発かの銃
声が夜を灼いていたが、わたしたちはもう身を防御し＆護るという決意に達していた＆その決意
ゆえの落ち着きをとりもどしていた。それでも猛々しい緊張感でいやな空気が漂っていた――そ
れがなんであれ、人びととまさに会することを決意していた。そこで起きたことには暗闇がいくらか
関係していた。この暴動的な暴動の種（ほーむ）の根源――それが計画だったのは明らかだが――儀牲者に対する行動を
もって、これを人種トラブルの種と呼ぼう。ある地域にとどまらない全米規
模のトラブルの原因。暴動による攻撃はこの何年かこの間ずっと守られていて――同様の結果をもたらすこと
は確実だろう。ワシントンはおそらくその間ずっと監然呆然としていた。とことん＆とことん恐
れられたひとつの語。白人たちはふるえたただび強硬な態度をとった。驚愕（号）。落ち着かずしか落ち込
まない夜がもどってきた。暴徒たちが法で守られていたらもっとひどいことになったろう。逃
げろ、でも戦え――わたしたちの命を守るために。その爪痕がひとつの国に変わるのを感じよ。

［原注］†† 『暴動：N.A.A.C.P. 捜査』 ジェイムズ・ウェルドン・ジョンソン著、NAACP による雑誌 「ザ・クライシス」 掲載、
1919 年からの消去詩。
［訳注］＊ 全米有色人種地位向上協議会。

111

The Soldiers (or Plummer)
- .... . / ... --- .-.. -.. .. . .-. ...*

その兵士たち（あるいはプラマー）

いかに真に迫っていることか、
あまりにリアルに……あなたはアカイア人の運命をうたう。
彼らが行ったこと、苦しんだことのすべて、彼らが兵士として頑張り
通したことのすべてを、
まるでその場にいたか、その場にいた者に聞いたかのように。
——ロバート・フェイグルズ（翻訳家）、『オデュッセイア』（8.548-551）

ロイ・アンダーウッド・プラマー（1896-1966 年）はワシントン、
DC に生まれ＆1917 年に軍に入隊した。プラマー伍長は第 506
工兵支援大隊 C 中隊に所属し、フランスに出征した。この大隊
は道路や要塞を建設し＆軍に必須の肉体労働を行った。フラン
スではおよそ 16 万人のアフリカ系アメリカ人兵が補給部隊の
任務に従事し、白人の戦闘部隊に欠かせない物資を補給し移動
を助けた。

プラマーは戦争中、几帳面に日記をつけていた。事務員の職歴
があり、その経験は正確な文法力（日記を人に見られることを
意識してか、よく文章を線で消したり修正したりしている）、
みごとな達筆＆経験を述懐する際の明快な記述によく表れてい

た。国立アフリカ系アメリカ人歴史文化博物館に保管されているプラマーの日記は、スミソニアン謄本センターで全文文字起こしされ&デジタル化されている。

終戦後、プラマーはワシントン、DC に帰還し&コロンビア特別区で四十年あまり開業医を務めた。‡‡

［訳注］p.112 *モールス符号でタイトルを表したもの。
［原注］‡‡ p. 126-127 の原注を参照のこと。

歩哨に立つ

初めての夜

月さやか[*]

これを詩と呼び

戦(いくさ)の去りかた

われらに教えよ

このような内規がある。「この野営地内で、白人兵士が

黒人女性を連れて歩くこと、あるいは白人女性を黒人

兵士が連れて歩くことを固く禁ず」

白人は混ざることを好まない。

無数の鞭をふるってきた人種だ。

われらがその夜を瀉血するのを見よ。

[訳注] ＊これらの詩のパートは俳句スタイルで書かれている。p.126の原注も参照のこと。

このところスペイン風邪が猛威をふるっている。目下、これに罹患した兵士が4名入院中であり、ひと晩で7名が死亡したと言われている。

咳やみて

静けさの重く

張りつめる

そろいの咳

そろいの棺

息殺す

夜明けがカーテンを撫でつけていく。カーテンはその

襞のなかに、いかにも「神が見捨てた」という名前言

い回しがぴったりの場所を隠しているのだ。

一度きりの生

約されるものは

土地すらもない

暫しここに

郷よりは　ひどく

殺されぬ

116

人種間の摩擦。黒人部隊には銃器の装備がないが、あらゆる報告によれば、彼らは海兵隊員を相手にじつに勇猛果敢にふるまったらしい。ことの発端はカフェのようで、ある海兵隊軍曹の発言がそこにいた黒人「ボーイ」たちの気に障り、この軍曹はきつい一発を見舞われることになった。

軍曹はそののち部下にあれこれと吹き込み、暴動を煽った。海兵隊員はたまたま独りで~~あっ~~たいた黒人を片端から無差別に打ちのめし始めたようで、黒人「ボーイ」たちも応酬した。この乱闘で、"A"中隊506の黒人兵士1名が銃剣で刺され、一時間半後に野戦病院で死亡した。2、3名の白人兵士が殺されたとの報告もあり、3、4名の白人が――ウィルバー・ハリバートンの言によれば――「頭痛」で病院に担ぎこまれたことがわかっている。この喧嘩はたいへんな騒ぎになった。

Account of Battles Engaged in
従軍の記録

われらは暴動。

その黒にふれ萌き印字(インク)で残るものもある。

われらが正しく流血するのを見よ。

死ぬしかないなら

今の昔のままで

いさせてくれ

ますます寒く、きわめて風強し。正午前に不品行の記録を掲示板に貼りだす。このところ相当に忙しい。5、6か月そんな調子だ。休戦合意以来、盛んに復員のうわさが立っている。

流感でこと切れる──

この戦　本当に

勝ったや否や。

Account of Battles Engaged in

1/5/19　　従軍の記録

いかめしい叱責の形でこのささやかな詩が思い浮かん

でくる。

"失われたあの日を数えよ

その低く沈みゆく太陽は

汝の両手の隙間から垣間見る　どんな有益な交戦も

なされなかったのを"

さりながら、この日は未だ失われず。その語のいかな

る意味においても。

交戦とは交えること

わたしたちの手という武器を

構え、狙え、上＊！

[訳注] ＊Ready, aim higher は軍隊の掛け声「構え、狙え、撃て（Ready, aim, fire!）」のもじり。aim higher でさらなる高みを目指せという意味にもなる。

120

ますますもって寒い。「流感」と言われる感染症が "A"

中隊で猛り狂っている。相当数が病院に送られた。

命をごくりと丸呑み

大切な胸からガラガラ音がして、

ゴーイング、ゴーイング、ゴーン。

死ぬのは盲いること；

目から剝がれ　星が散り

もう二度と見返さぬまなこ。

Date 1/21/19

かなり冷えこむ日。というより、フランスでわたしの

知るかぎりいちばんの寒さ。"A" 中隊に流行り病の罹

患が広がって隔離されることになり、兵舎まわりに海

兵隊の歩哨が配置された。

アトラスも、しまいには担った。

あたら命を懸けられるものを。

噫、われらは速やかに逝く。

Date 1/22/19

司令部（Bn）に仕事にいく。

正午前、隔離中の

司令部隊のために。

彼らは眠りつづけるだろう、

頑なな頭は永劫に横たわる。

死はいっときの夢ではない。

122

Autographs of Comrades
同輩の自著

"A" 中隊のうち 60 名が新型の感冒で野戦病院に入って

いる。"D" も強制隔離となった。

みんな求め、避難してきた。

みんな生きていたい、

みんなここにはいられない。

1/24/19

まだ寒く、まだ感染が拡大している、とくに "A" 中隊で。

わが中隊は感染予防策として "流感" 用マスクを着用。

この茶ばんだ骨で肥える庭。

墓に埋められししなびた茎。

くそ、おれたちはこの土の養分か。

123

Addresses of Home Friends
地元友人たちの住所録

1/26/19

今日までで "A" 中隊のうち 116 名が入院。うち 2 名が

今朝早くに亡くなったとの報告。今日は少し降雪があっ

たが、さほどではない。

~~CO.~~ アメリカよ、

「死んで手に入れたすべて」とわれらを呼べ。

もう充分だと神は知っておられる。

1/27/19

そこそこ暖かくなってきた。わが中隊は隔離中で、当

直時以外は兵舎の外に出られない。高熱があると判明

した者が 3、4 名。

どんなふうに生きてきたか

思いだすのは　それ自体がとんでもない戦いだ。

記憶は混沌としている。

司令部隊はすでに帰還し、私は Bn. 本部で任務を解かれ

た。

耳を傾けられれば、

記憶はバトルボトル入りの体のなかで

一つのメッセージになる。

おっと、年を間違えてしまった。

今年は間違いばかり、そればかりずっと。

時がわれらを運んでいく。————————Date

"流感"マスクは外される、

隔離対策はこの中隊に

さほど厳しく影響しない

休戦協定は結ばれたが、

戦いは終わっていない:

人種間の小競り合いが燻すだろう、われらの街を、

われらの勝利への報奨を。

フェイン*
元気はただでは済まない。

われらは反撃する、
Date

もし避れるならば。

この旗が最後にわれらを呼ぶ。

[原注] 散文のパートは伍長が書いた日記の文章で、詩のパートは私が想像で書いたものである。ブラマー伍長の声で書いたのは、彼の簡潔な言葉を体現した形式を取るためだ。この作品の背景に使用されている罫線入りの紙は、ブラマー本人の日記の空白ページをスキャン

名誉除隊。／ワシントン、D. C. への

切符を買う、じきに着く／

あちらの早／朝、6 日

ある者は去ることに決めた、

われらは生きることに決めた、

打ちのめされた皮膚を呼吸する。

人生はわれらを唖然とさせる。

船はわれらを U.S. に運ぶ。

われらの手首にはまだ枷がある。

銃身はおろしても傷心はおろせない。

命がけで守るべき故郷へ帰るのだ。

したもの。これらの詩を書くのに俳句のスタイルは特にぴったりだった。プラマーの日記の書きこみは多くが 1 〜 3 文の長さだが、俳句は 3 行、5-7-5 の音節パターンから成る短詩なので、切り詰めた字数で効果を発揮しなくてはならない。[訳注] p. 126 *fine には罰金の意もある。

WAR: WHAT, IS IT GOOD?

.-- .-..-. / .-- .... .- / ... / .. -/ --. --- --- -.. *

戦争：なにそれ、役に立つのか？

トイレットペーパー、

消毒液は、

いくつ与えられていたか？

戦場では、なにもかもが、

希望さえも、稀少で＆配給制で、

兵士の間で争奪戦になり、

人間をモンスターに変えてしまう。

このマスクは勲章メダルだ。

わたしたちの戦いがその一面に書かれている。

* * *

1918年のインフルエンザで五千万人が犠牲になった（一億人に上るかもしれないと言う学者もいる）。第一次世界大戦で亡くなった人数よりはるかに多い。このインフルエンザの死亡者数は本質的に戦争と結びついている。大規模の部隊が大陸を移動していくのだから、ウイルスの拡散につながる。一方、非戦闘員も何百万人と自宅から引き離されていく。同インフルエンザは先住民のコミュニティにことさら甚大な打撃を与えた。もともと民族浄化政策を生き延びた人たちもごく少なかったというのに。なんと言われようと、暴力が「些細」ということはあり

得ない。

＊　＊　＊

戦争は鯨と似て、すべてを呑みこんでいく——

なにもかもがその口の鯨ひげ^{＊＊}にフィットする。

ウイルスも鯨のように丸呑みにできるのだ、

地球をごぶりと。

銃弾もわたしたちと同様に獣。

わたしたちの見えない戦いは

勝つのが最もむずかしい戦い。

＊　＊　＊

戦争＆パンデミックの第一歩は同じだ：

隔離。ウイルス／攻撃の伝達経路を断ち切るために。

イギリス軍は第一次大戦中にケーブルの切断を先駆的に行った。ケーブル船アラート号を使い、ドイツ軍の海中電信ケーブルを探り当てたのだ。戦時下の検閲体制も伝達＆真実の報道をめった切りにした；1918年施行の「治安法」は国のイメージまたは戦争努力を損なうスピーチや表現を禁止した。処罰を恐れて各新聞はウイルスの脅威をなるべく矮小化して書き、集会や移動を控えるようにと市民に呼びかける医師たちの投書を掲載するのをしばしば拒否した。

［訳注］p. 128 ＊ モールス符号でタイトルを表したもの。

＊＊ 鯨が大量に取込んだ海水を吐き出すとき、餌生物を濾しとる機能のある口内器官。

この検閲と誤情報のせいでますますインフルエンザの感染は国中&地球中に拡大した。喉は火の燃え盛るドラム缶。言葉もある種の交戦だ。決まってわたしたちは口に出すまいとしている何かになってしまうから。

＊　＊　＊

戦ったあと

わたしたちの愛する誰かに、

質問を投げかける：

わたしたち、だいじょうぶかな？

わたしたち、役に立つかな？

第一次世界大戦はかつて「大（グレート）」と呼ばれ、

「すべての戦争を終わらせる戦争」と命名された。

ハハ。

「大（グレート）」のついたものって

たいてい悲惨か凄惨だ、

でも、好（よ）いものはわたしたちの言葉に値する。

好トラブル。

好戦。

好意。

好人物。

好（よ）くあるというのは、戦争より大きくあることで、

「大（グレート）」を上回ることなのだ。

＊　＊　＊

ひとの身体というのは

肉＆骨の歩くカオス。

武力衝突での死＆傷は

casualty（被害）と呼ばれるけれど、casual って

「たまたま」とか「偶然の」という意味だ。

でも戦場での流血は銃の不発なんかとは違う。

おそらく casualty は戦争そのものが

偶発事故だという意味だろう。間違いようのない間違い、

わたしたちがやらかす、でかくて、とんでもなくて、血なまぐ

さい「**しまった！**」なのだ。

＊　＊　＊

戦争＆パンデミックの第二歩もやはり同じだ。継続。

まだ残っている連繋＆

伝達の方法を維持するために。第一次大戦時、

国外に派遣された従軍者＆義勇兵には

国の士気を高めるため銃後の人びとに

手紙を書くことが奨励された。イギリス陸軍

郵便局は交戦中に約二十億通もの手紙を

配達したという。米国で 1917 年施行の

一般命令 No.48 にこう記されている。「兵士、水兵、

海兵隊員で諸外国地の勤務地に配属された者は

郵便を無料で送れる特典を有する」……封筒に

「出征中」と書けばいいのだ。戦時中は、

ペンシルベニア州アレンタウン米国外征軍クレインキャンプの[*]

報告によれば、郵便局は週に七万通近くの手紙を

取り扱ったという。銃後の支援とはペンである。

わたしたちを閉じこめよ。きっと役に立つよ。

＊　＊　＊

よく聴いて。

ちゃんと聴いてる？

しとやかな戦争なんてものはない。

搔いやれない

平和もない。

わたしたちの唯一の敵はおたがいを

敵同士にしてしまうもの。

＊　＊　＊

かたつむり並みの郵便？[**]

鯨並みの郵便と言うほうが近い。

わたしたちにもう言うことが残っていない

ときにも　喋りだそうと大口を開けている

唯一のもの。こんなすべてを話そうと、

物語を綴ることは

エッセンシャルサービスなんだ。

そうやってわたしたちは戦いに赴く。

[訳注] * 第一次大戦中の米国陸軍救急隊訓練所。
** かたつむり並みの郵便（snail mail）とは電子メールやチャットではない郵送物のこと。

いちばん大切なのは、

それをいかに終えるかだ。

それでもわたしたちはまだ信じたがっている

平和という場所が地上にあることを。

＊　＊　＊

第一次大戦から一世紀がすぎた 2020 年のこと、お悔みカード
が売り切れた。アメリカ合衆国の郵便局利用者の大多数は手紙
を受けとると気分が高揚すると言っており、六人に一人がこの
パンデミックの間に手紙を出す機会が増えたという。パンデ
ミック時には、哀悼（グリーフ）以外のなにもかもが不足する。たがいに書
きあい、真実を語りあうことは、希望を見つけるのがなにより
困難なときに希望を生みだす行為。歴史のなかにわたしたちの
もてる場所は現在のほかありはしない。

＊　＊　＊

開口（アパチャー）＊とは：

たとえば、眼球の収まる穴のこと、

そこから光が射してくる。

peace（平和）という語は pact（協定）と＊＊

起源を同じくしている。つまり、調和とは

わたしたちが合意する明日のことだ。

わたしたちは

交戦よりも感染に対してより制約を受ける。

［訳注］＊aperture は overture（序章、導入、申し入れ）と語源を同じくする二重語である。
＊＊peace は「講和」「条約」も意味する。

でも、ウイルスは戦争とそっくりに、わたしたちを
仲間たちから引き離す。
　　　　それでもわたしたちが望めば、傷口だって
　　　一つの開口になれる、その穴から
わたしたちは相手を丸ごと抱擁しようと
手を伸ばしあう。

ウイルスはわたしたちの中で戦われ、
攻撃はわたしたちの間で戦われる。
どちらもわたしたちの勝利は他者を打ち負かす
　　ことにはなく、
命限りあるこの体の中に抱え持つ
しごく破壊的な媒介物
＆衝動を打ち倒すことだ。
ヘイトはウイルスだ。
ウイルスは肉体を要求する。
わたしたちが言いたいのは：
憎しみは人間の中に寄生して初めて生き延びられるということ。
憎しみになにか与えるなら、
わたしたちの悲しみを与え、
＆この肌を寄せることはしまい。
もしかしたら愛することがまさに
わたしたちの戦いなのかもしれない。

The Ship
THE FELLOWSHIP

シップ／船
フェローシップ／仲間という船

B Well ／お大事 2

その船_{シップ}はあなたを人と呼びます。弾丸よ、公共の場に入ること
はご遠慮ください。サービスはすべての公民権、理想、国民、
わたしたちのあり方に善く尽くすものです。おお　忌まわしい
指令があちこちで出されてきました。戦争より民主主義を。

B Well ／お大事 §§2

［原注］§§ ミセス・アイダ・B・ウェルズ-バーネット、ニグロ・フェローシップ・
リーグ同盟長から、アメリカ合衆国大統領ウッドロー・ウィルソンへの手紙の消去詩。
彼女は手紙のなかで、カンザス州キャンプ・ファンストンの第 92 師団を擁護してバー
ロウ大将の公報 35 号に抗議している。この公報は、黒人の将兵たちがその人種ゆえ
に歓迎されざる公共の場への出入り反対を強く促していた。国立公文書記録管理局。

_ _ _ _ RIP _ _ _ _ _ _
A_ _ _ _ _ SHIP

図 I

あ この
る 船
船 で
に 運
は ば
去 れ
年 た
に
借
り
が
あ
り
、

無
感
覚
の
行
為
は
そ
の
船
と
ひ
と
の
営
み
づ
く
男
ば
か
り
の
船
に
最
大
限

詰
め
こ
め
る
の
は
男
だ
け
だ
謀
反
は
休
息
を
上
回
る
。
男
た
ち
は
351
人
を

運
ん
だ
計
画
書
に
標
さ
れ
た
男
た
ち
の
数
190
。
161
の
差
異
。
こ
の

女
た
ち
少
年
少
女
は
互
い
に
運
び
あ
っ
た
。
死
ん
だ
朝
。
上
甲
板
と

平
甲
板
の
間
の
距
離
2
フ
ィ
ー
ト
7
イ
ン
チ
横
に
な
っ
て
息
を
つ

く
場
所
。
そ
の
国
で
苦
悶
に
慣
れ
て
感
覚
を
な
く
し
た
仲
間
た
ち

図Ⅲ

病気になって死ぬ。回復とい

うわずかな希望となることの

特権。その船は痣(あざ)になっ

て頭をたれる。女たち子供たち男たち

は着々と二人＆二人ずつ鎖でつながれてい

た；それぞれのペアが高く昇り、この状態を溶き、

人びとは鎖で繋がれながら跳ばされるという変化で

あること、＆これは、友人たちにより、「踊ること」

と呼ばれる。この人間の肉体を運ぶというのは、

船の現実的な表象というよりひとつの虚構

に見えるだろう。人間的な人間であれば、その

傷跡が説明されることを強く望むだろう。

図Ⅶ

わたしたちが求めるあれらの存在に苦しんで

いるのではなく。国＆隔離は血と光を、修(ルクス)(スロ)

羅の巷(ーターハウス)に変える。それ自体を思い描き、運び、

復元する力は人間の想像力にある。当該の海

の水中からこの感染力の高い呼気の下にもぐ

りこむのは致死的だと証明されていた。

図Ⅴ

奴隷商たちの積荷はこうして減ったのだ。

たった一年で、いつもの年よりずっと沢山の男たちが死ぬ。

時はいく

人からの通路

人びとはその時を

破り保ち運んでいく。

人間性は普遍的＆

悼まれるべきで、

道徳的で敬虔な

、まっとめ

務め

大げさではなく、地上で最も偉大なものかもしれない。＊

［原注］＊『奴隷船の図解』からの消去詩。ロンドン：ジェイムズ・フィリップスにより1789年、印刷［奴隷売買撤廃推進組合、ロンドン委員会に向けて］。二艘側あり。これはおそらく最もよく知られた奴隷船の図解だろう。ぎっしり詰めこまれたアフリカ人奴隷らの様子が非常にわかりやすいが、一方、その下に付けられた言葉による説明は、こちらも同じぐらいおぞましいのに、同様に目を引くことは稀である。

TEXT TILES: THE NAMES[*]

テキストのタイル：名前たち

知ってほしい、あの人たちの命に触り／障りがあったことを
この先だれも自分にさわってこないだろう、あなたは言った
友人たちは怖じ気づき＆しっかり
抱きしめられない。
その語はわたしの語彙にはない
怖じ気づくという語はわたしたちの語彙には存在しない。
恐れゆえに運命なんだ
わたしたちはこの先も知ることがないだろう。
わかるでしょう、あなた、
あなたが知らない人たちでさえあなたを覚えているんだよ。

わたしたちは最善を尽くした末に　思い知るだろう
愛なく生きていく必要はだれにもないことを
そして知るだろう　看護師＆友人、病院職員たちに
遠ざけられるのがどんなことか
あなたの病室に入るのを拒み
＆入ってきたとしても、ビニール手袋
＆防護服で体を覆っている。

［訳注］*textile（織物）と掛けている。text も「織る」が語源である。

どうぞこの言葉のかけらを受けとって
どうぞ流されてしまったわたしたちを赦して
このようにした理由は二つ——
命を失ってしまったすべての人たちのため
＆彼らを喪ってしまった人たちすべてのため。
父親たち、祖父母たち、姉妹たち、兄弟たち、
息子たち、娘たち、姪っこたち、甥っこたち、恋人たち＆
友人たち
とても元気
わたしたちは物事を変えることができた。
感染拡大を止めることだってできた
あなたを救うこともできた
しまいに、もちろん、わたしたちは人類に
見いだされたあの様々な名前を口にできなくなってしまった。

いまとなっては、愛を過去時制に押しこむことはできない
なによりも、愛せよ——すごくすごく愛せよ。
愛に治癒の力があれば！
日々、ゆっくりと息をすることもできなかった。
人生はいまも生きている。
わたしたちの思い出はあなた。
この愛するということは、
死することだったと覚えておいて。
身体を歪めて
息をするのも苦しい
孤独とは終わりなき疼きだ。

わたしたちは会うことを禁じられた

悼むために会うことも

わたしたちは忘れようとした

わたしたちはまだ手放せない

しがみつけ

鮮明に記憶しておけ

最善の方法は詩で憶えること

覚えておいて

わたしたちは

真に躍りはじめていた

新たな意味

新たな希望

わたしたちはほかの皆と共にこの希望を抱いてきた。

わたしたちは死が見えずに&佇んでいた。

あなたには見えるか

この世界から先に待ち受けるものまで。"

［原注］¶このドキュメンタリー・ポエムは「エイズ・メモリアル・キルト」への寄進者たちの手紙を組みあわせて作られている。手縫いのキルトは、この病気で亡くなった人たちに敬意を表すもの。1987年に初めて展示されたキルトは、現在は国立エイズ記念碑の一部となっている。2021年現在、合計120万平方フィートに及び、キルトパネルの数は4万8000余りに上る。世界的なエイズ・パンデミックが始まって以来、2720万人から4780万人がエイズ関連の疾患で亡くなったとUNAIDS（国連合同エイズ計画）は伝えている。

The Surveyed
REPORT ON MIGRATION OF ROES

調査対象
「ロウズ」の移住に関する報告書

移民のみなさん、ようこそパンパックスへ。

お気づきのように、わたしどもの麗_{うらら}の国パンパックス[＊]はついに
その門を外部の方々にも再び開きました。一方、あなたがたの
国パンデム^{＊＊}は病＆死の蔓延_{はびこ}る低い荒地ばかりであることは承知
しています。そこでは民は "roes_{ロウズ}" とあだ名されている（woes_{ウォウズ}
から派生したパンデム独自の語）。聞くところでは、パンデム
ではあらゆる形の会合は禁止され、引き籠って暮らす民たちは
歩道を共に歩くことも儘ならないとか。いわんや同じ空気を吸
うなどもってのほか。パンパックスでは社会的・政治的生活は
それとはまったく異なっており＆このような理由から、あなた
がた "ロウズ" が避難の地を求めて続々とこちらに上陸されて
いるのは承知しています。あなたがたはここで避難所、すなわ
ち未来への道を見いだすでしょう。パンパックス市議会の委員
たちが一連の聴き取りを執り行い、現在パンパックスで生活す
るパンデム難民の特異な移動経験を記録してきました。これら
の要約された回答を読むことで、わが豊潤の国での生活に適応
しやすくなることを願っています。なお、プライバシー保護の

三国志名臣列伝 魏篇

曹操に愛された、知られざる名将たち

宮城谷昌光

803円
792225-2

笑うマトリョーシカ

若き総理候補が誰かの操り人形だったら？ 人の心の闇に迫るミステリー

早見和真

陰謀の陰に老中が!? 傑作時代エンターテインメント第3弾！

968円
792226-9

戸惑いの捜査線

警察小説アンソロジー

今を時めく警察小説の書き手が紡ぐ、傑作短篇集第2弾！

佐々木譲 乃南アサ 松嶋智左 大山誠一郎
長岡弘樹 櫛木理宇 今野敏

880円
792230-6

夜叉の都

伊東潤

こんな美しい日に、私は息子を殺すのだ

1100円
792232-0

武士の流儀 (十)

稲葉稔

元風烈廻りの与力が活躍する好評シリーズ第10弾！

858円
792233-7

地上の星

村木嵐

葉室麟、絶賛！ 「島原の乱」開戦前夜

825円
792234-4

凍る草原に絵は溶ける

天城智景

ファンタジーの新鋭誕生！ 松本清張賞受賞作

957円
792235-1

◆発売日、定価は変更になる場合があります。
　表示した価格は定価です。消費税は含まれています。

わたしたちの担うもの
アマンダ・ゴーマン　鴻巣友季子訳

● 若き桂冠詩人、初の詩集が待望の邦訳

3年前、大統領就任式で世界を驚かせた若き桂冠詩人。パンデミックと分断の日々を尖りまくった表現で描き出す、驚愕の作品集が登場

◆6月26日
3245円
391866-2

やまとは恋のまほろば 7
浜谷みお

● 幸せなカップルに忍び寄る影……。古墳研究会新メンバーの正体は!?

初めての彼氏と幸せな日々を送るぽっちゃり女子・穂乃香だが……。古墳研究会に新メンバー加入で、穏やかな日々に波乱の予感——!?

コミック
◆6月21日
792円
090175-9

佐々田は友達 2
スタニング沢村

● 新たな友情が見つかる、第2巻!

高校2年生の佐々田絵美。少しずつ自分の願望が明らかになってきて……。いつか「おじさん」になりたい〝私〟の、自分探しの物語

コミック
◆6月20日
792円
090176-6

逃げるA
坂井恵理

● いつだって、彼は無責任

マッチングアプリを楽しんでいる29歳の編集者・あやか。一番良い〝物件〟と思っていた安藤という男性は、避妊すらしようとせず……

コミック
◆6月20日
803円
090177-3

● 描くことは、生きること。一人の画家の"生"を描き出す魂の小説集

黄昏のために

北方謙三

● 気高く生きる女と出会ったとき、なぜか胸が痛くなる

谷から来た女

桜木紫乃

● 著者渾身の叙事的長篇、待望の第2弾

日本蒙昧前史 第二部

磯﨑憲一郎

● 映画女優デビュー65周年記念企画

吉永小百合青春時代写真集
日活編

巨匠が歴史長篇と並行して「原稿用紙15枚」で書き継いできた掌篇たち。中年画家の苦悶と愉悦が行間から匂い立つ濃密な18篇

◆6月10日
1870円
391854-9

アイヌの出自を持ち、独自のスタイルで地位を確立したアーティスト・ミワ。彼女との出会いが人に与えるものは。切ない連作短編集

◆6月10日
1870円
391855-6

第56回谷崎潤一郎賞受賞の前作から4年。パンダ来日、俳優同士の大恋愛、石油危機……特異な語りで再び「あの時代」を描き出す

◆6月11日
2805円
391856-3

「日活撮影所が私の学校でした」——映画女優・吉永小百合の原点、日活時代の全出演作を網羅したファン垂涎の豪華完全保存版

◆6月6日
3520円
391852-5

文藝春秋の新刊

6

2024

『六月の庭』©大高郁子

ため、聴き取り対象のロウズのお名前は個々の番号に代えてお
ります。

敬具

パンパックス大統領盟約

アンケート結果

移民たちの家で面会し調査を行った。パンパックスに来た理由
&ここに来てどんな成果があったかを聞きだすようにした。

以下、質問に対する回答のいくつか

質問：今、パンパックスでなにをしていますか？
回答：
　1. 様子見。

質問：こちらに来てからの気分はどうですか？
回答：
　2. 疲れている。
　19. 疲れている。

質問：パンデムではなにを願っていましたか？
回答：
　10. 変化。
　20. 逃げ出すこと。

質問：いや、パンデムで最も求めたものはなんでしたか？

回答：

5. 人との関わり

質問：パンパックスに移住し、より大きな自由＆自主性を感じますか？　どんな点で？　以前できなかったことでできるようになったことは？

回答：

1. はい

2. はい

3. 娯楽施設に行けること＆生きること。

5. はい。行きたいところに行けること。様子をうかがったり、街に出ないようにする必要がないこと。

6. はい。仲間とのいい関係を感じること。

8. はい。自分の好きなところに行ける特権。パンデムでは外出がだめで＆治療もされなかった。

9. はい。ひとと交わること。自分が居るための公園やいろんな場所に行けること。

11. はい。アイスクリーム店に買いに行ったら、外に出て食べていた。ひとが来たら歩道から離れた。

12. はい。自由を感じている。恐れもとくにない。

16. はい。より人間らしい気持ち。パンデムではある意味、奴隷と同じだった。ここではパンデムと違って、ひとが来ても歩道を譲らなくていい。

17. 観劇、通学などになにも制約がないこと。

20. パンデムでは　　みなされていなかった。パンデムでは
国民は全く自由が認められていなかった。

質問：パンパックスが国境を開き＆みなさんが到着したときの
第一印象は？

回答：

1. ひとがなにかをしている空気。

3. 活気にあふれている。ひと月は毎晩、景色を見に出かけて
いた。

4. なにか素晴らしい場所だと思っていたが、そうではなかっ
た。まさに穴ぐら生活。故郷にぜったい帰りたいと思った。

5. 通りに出て＆そこいらじゅうにいる人の波を見て、ただ息
を呑んだ。いつあれが始まるかと思ったが、だれも気に留
めないとわかり＆なるほど、ここは本当に人びとのための
場所なんだと思った。いいえ、どこかで働く気はない、自
分ひとりでやっていくつもり。

6. すっかり迷子になってしまい、友人が迎えにくるはずだっ
たが来なくて＆わたしは不安で　　どこに行けばいいのか
ものすごく騒がしく　駆けまわってわたしはひと息つく。

8. パンパックスのことは、ここに来る以前から名前まで好き
だった。

13. 人間が暮らすのに良い場所なんだろうと思っていた。

15. 気に入らなかった。心細かったので、外に出た。そうしたらどこも制約がないので気に入った。

16. 今のほうがもっと好きになっている。

17. そのうち好きになると思う。

質問：生活のどのような点がパンデムはパンパックスより困難または楽ですか？

回答：

4. 楽になった。そう答えたほうがうれしいでしょう。

7. お金を稼いでも、すべて生活費に充当。

8. 生活は楽になった。そう思うしかないから。

10. ストレスはそれほど高くない。

11. パンデムよりここのほうが大変。

13. 仕事量が多く、よりハード。生活必需品。

14. 労働時間がむこうより短い。

15. パンデムよりここのほうがいい。ここのほうが勤務時間が短い。

17. パンパックスの生活のほうが楽。

20. 他のどこよりもパンパックスでの生活のほうが楽だと一家で感じている。

質問：パンパックスのどんな点が好きですか？

回答：

1. 自由さ……でもつねに安全とは限らない。

4. あらゆる面で自由が許されていること。

7. 仕事、どこでも仕事ができる。

8. 子どもたちの通う学校がある。

9. 人びとに生きていくチャンスがある。

10. 人間のフレンドリーサ、健康の面でも上。

13. 生きていくための権利。

14. 平穏無事に暮らせる能力；押さえつけられない。

18. ひとが生活しているし、故郷よりいろいろな所に行ける。

19. 産業＆教育施設がある。

20. 前の所より好きになれるものはまだ見つかっていない。

質問：パンデムの国民がパンパックスに移住するにあたりどんな困難があると思いますか？

回答：

3. 暮らしに慣れること；以前の生活を持ちこまないこと。

4. 窮屈さ。

5. 混雑。

6. ひとに慣れること。

7. こっちの人たちのやり方に慣れること。

8. パンデムからパンパックスに来る人が出会う困難というのはわからない。

10. ひとが集まりがちなこと。

13. 奇行の変化。[*]

14. 気候の変化、混雑、スペース不足。

16. どこでやめるかわきまえること。

18. 人込みのなかに入る危険性を知っているか。

20. 自分がどういう人間かわかっているか、そのつもりで来ているか。

質問：パンデムとパンパックスでは、自由時間はどんなところが違いますか？

回答：

1. こっちでは服を買ったり、着てみることもできる；店内で。

2. ほぼどんな所にも行ける。

3. もっと生きてる、もっと感じてる。

4. はい、妻が帽子を試しにかぶって＆もし気に入らなかったら買わなくていい；どこでも好きなところに行ける。

5. 乗り物に乗るときびくびくしなくていい＆好きな所に座れる。

6. こっちには出かける場所がものすごく沢山あるが、パンデムでは仕事、仕事、仕事＆お金を貯めても＆それを使う場所がない。

7. そんなに出かけないが、いつでも＆どこでも好きな時と場所に出かけられるとわかっているのは良いですね。

9. パンデムでは出かけなかった。行っていい場所はものすご

［訳注］＊原文 Climactic changes. おそらく Climatic（気候）のスペルミスを装っている。

く限られていたから。こっちでは、ロウズは求めることが
できる。

11. うちの国では持てなかったくつろぎがうちにある。
ホーム　　　　　　　　　　　　　　　　　ホーム

12. はい、出かける所が多くあるし、子どもたちが遊ぶ公園
や遊園地もある。

19. 無回答。

質問： パンパックスに移住したいという友だちがいたら、生活
が向上すると勧めますか？

回答：

1. はい。みんなわたしたちがなにを書いてもあまり信じない
でしょう。わたし自身、ここに来るまで信じられませんで
した。

2. いいえ。こっちに来るのは勧めない。辿り着けないかもし
れない。

6. はい。姉妹が二人いる。こっちに呼び寄せたい。なぜわた
しがこちらに留まっているか理解できないようだが、来て
みればわかる。

7. わたしたちの国にはいかにひどい地域があるかみんなわ
かっていない；こっちでは息をするだけでおびえたりしな
い。

8. 友だち＆夫に越してきてほしい；わたしの様子を知りた
がっている一家もこわれる前に来てほしい。末の息子がお
母さん帰ろうなんて絶対思っちゃだめだよと言っている。

金を払わず移住できたのはほんの数例だった。帰りたいという気持ちを表明した人はほとんどいなかった。

先の詩で使った回答は1922年の報告書「ザ・ニグロ・イン・シカゴ」から取ったものである。この報告書は1919年に起きた悲惨きまわりないシカゴ人種暴動事件の原因＆影響を知るためにシカゴ市人種関連委員会が行った徹底的な社会学の研究だ。この暴動は「赤い夏」と呼ばれる事件の一部であり、争渦の数多い難局の一つとなった。このシカゴの衝突では23名のアフリカ系アメリカ人、15名の白人が亡くなり、500名以上が負傷＆少なくとも1000名がホームレスとなった。事後研究の一部として、シカゴ市委員会はジム・クロウ法の支配する南部を出てシカゴに向かったアフリカ系アメリカ人らにインタビューを実施した。先の詩（「アンケート結果」）は報告書のテキストを転用したものである。こうした移民たちの回答、抜粋＆消去詩法の断片を用いて、そこに見いだされる新たな詩を創造した。報告書の「北部」または「シカゴ」という語は「パンパックス」と言い換え、「故郷」や「南部」という語は「パンデム」に転換した。Roes（ロウズ）という語が代入されたのはNegroes（黒人）という語の位置である。インタビュー対象の数はオリジナル文書で回答を得た数に合わせた。特定の質問は一部分そのまま用いた（例えば、「シカゴに移住し、より大きな自由＆自主性を感じますか？　どんな点で？」という問いは「パンパック

スに移住し、より大きな自由&自主性を感じますか？　どんな
点で？」になった）。

パンパックスはギリシャ語で「すべて」を意味する接頭辞 **pan**
とラテン語で「平和」を意味する **pax** を合わせた造語。

この詩&その痛みは想像されたものである&と同時に、わたし
たちと同様リアルなもの。つまり、ある種のフィクションを通
じてわたしたちはファクトを見いだす。ある種のファンタジー
の中にわたしたちは自分自身&そしてある人たちを見つける。
記憶というのはそれを生きずとも、わたしたちの中で生きるこ
とができるのだ。過去は消えたわけでは決してない、まだ見つ
かっていないだけなのだ。

悼みはガラス板に似て、鏡のようで&窓のようでもあり、わた
したちに自分の中を覗かせ、同時に外を眺めさせ、あの時も&
今も&どうだったか見つめさせる。言い換えれば、わたしたち
は窓の板みになる。失われたどこかにわたしたちはようやく恵
みを見いだし、目を上げて自分自身の外に眼差しを向ける。

［訳注］＊原文は pain だが、pane（鏡板、窓ガラス）にも掛けている。

-----[GATED]

-----［ゲーテッド］

ハハッ、わたしたちはえらく傷ついているし、

おそらくはこう思っていた、

あの詩は自分たちについての詩で

＆べつの人たちのことではないと。いまになってわかるのは

両方のことを書いた詩だということ――わたしたち

他者化されたみんなのことを。

いま居る場所は

生まれ来た場所に劣らない。

憑かれるというのは、逐われるということ

いまだに痛みつづけ、わたしたちと同じぐらい

癒しを必要とする歴史によって。

＆それとちょうど同じように、詩を通じて、

思い出してきたのだ、自分たちのものではないものも。

過ぎた日をわれらの疼きとせよ。

多分これがわたしたちのまねぶ唯一の道だから。

＊　＊　＊

わたしたちは隔離された幾世代かを過ごしてきた、

たがいの場所から追いやられ、

自分自身から閉めだされた毎日を。

わたしたちをこう呼んでほしい

Colum-abused　酷使された者どもの隊列、[*]

Columbusted　コロンブスされ、[**]

Colonized　コロニー化され、

Categorized　カテゴライズされ、

Cleansed　穢れをはらわれ、

Controlled　コントロールされ、

Killed　殺され、

Conquered　勝ち取られ、

Captured to the coast　買い取られてあの海岸へ、

Crowded　混みあった場所に、

Contained　囲われ、

Concentrated　ぎゅうぎゅう詰めで、

Conditioned　規定された、

Camped　仮寝の者。

忘れないで　独りになるってことが

なにかの代償になる人もいれば

&特権になる人もいるということを。

わたしたちは何世紀分も

歩道を譲ってきて、

［訳注］*colum という一般名詞はないが、続けて聞くと「虐げられた人びとの縦列」
と聞こえる。

**colum-abused とコロンブスに掛けた造語。

154

このしきたりを仕込まれてしまった

まだその年月を生きてもいないのに——

どういうことだろう、自分がこうべを垂れて

&だれかに尊厳の余地をもたせるというのは。

歩道で道を譲るというのは　これまた

白人古来の通過儀礼に

世界を明け渡すことだった。

＊　＊　＊

わたしたちはいつも　先に生きた人びとに尋ねる。

つまり、調査されるというのは、生き残ったということだ。

質問：その鶏はどうして道路を横断したのか？

答え：なぜなら、むこうから白人が歩いてきたから。

＊　＊　＊

わたしたちの移動の仕方が

たがいの関係性をすべて物語っている。

去年、エレベーターに乗りこんだときのこと。

わたしたちは後ろから乗ってきた白人女性に

ソーシャルディスタンスをたもつため

次のエレベーターにしてもらえますかと丁重にお願いした。

彼女の顔は夜に燃えあがる十字架のように紅潮した。

冗談でしょ？　彼女はがなり立てた。

まるで、わたしたちがこう宣言したみたいに

エレベーターはわたしたち限定だよ

とか、**あんたたちは後方から乗ること**

とか、**あんたたちも犬も利用不可**

とか、**わたしたちには何人<small>なんびと</small>にも**

人間性を拒否する権利がある、なんて。

突如、そういうことかと思い当たった：

なぜ特権グループは　場所や個人性に制約を課されると

あんなに大騒ぎするのか。

そんな制約に従えば　あの人たちがその権力をもって

わたしたちの手足に掛けていた鎖を今度は自ら着けることにな

るから。

それは　あの人たちを特別な＆ゆえに優位な存在にしていた

ただ一つの違いを手放すことだから。

その間、何世代にもわたり、わたしたちはずっとうちに留まり、<small>ステイホーム</small>

［隔離<small>セグレ</small>］外禁<small>ゲーテッド*</small>され、公園から閉め出され、遊園地から閉め出され、

プールから閉め出され、公共スペースから閉め出され、屋外ス

ペースから閉め出され、映画館から閉め出され、ショッピング

モールから閉め出され、公衆トイレから閉め出され、レストラ

ンから閉め出され、タクシーから閉め出され、バスから閉め出

［訳注］*gate は学生のスラングで外出禁止（外禁・ガイキン）になる。続けて読むと
segregate になり、感染症患者などの隔離の他、人種による隔離差別も意味する。

され、ビーチから閉め出され、投票所から閉め出され、オフィ
スから閉め出され、軍務から閉め出され、病院から閉め出され、
ホテルから閉め出され、クラブから閉め出され、仕事から閉め
出され、学校から閉め出され、スポーツ競技から閉め出され、
閉め出され閉じ込められ分離され取り残され下に置かれ押さえ
つけられ生を奪われつづけてきた。

一年間、わたしたちの経験した排除のほんのひと欠片を歩んだ
ことで、自分の自分たる所以をすっかり壊されかけた人たちも
いる。でも、わたしたちはどうだ。いまも歩みながら、なおも囲
われている。

存在の外縁に囲われること、それは周縁に生きる者たちが受け
継ぐもの。

実在しないこと、すなわち社会から距離をとられる──ソー
シャルディスタンス──とはまさに抑圧された者たちに継承さ
れたもの。抑圧する側にとっては、ソーシャルディスタンスは
屈辱にあたるわけだ。それは自由未満のなにか、もっと酷くい
えば、白人未満のだれかを指すから。

だって、あのカレンおばさん*は死にそうになりながら&必死こ
いて、死滅しそうな力の他なにを抱えているというの？　死ぬ

─────────────────────────────

［訳注］*Karen とは白人の特権を濫用し自己中心的で過剰な要求をするような差別的
白人女性を指すスラング。コロナ禍でよく使われるようになった。

ほど危険で舌にぶら下がる拳銃みたいにぶらぶらしながら？

基本的に、至上主義というのは自分の独りよがりを保つためな
らなんでもするということ。

それが自分の魂を失うことを意味しようと。

それは命を守るマスクを着けないことを意味する。なぜなら、
マスクを着けたら自分の特権をはずすことになるから。

それはつねに、有害な

  優越感を 命の継承よりも

  優先することを意味する、

    優越感を

    国よりも

      優越感を

      だれよりもなによりも。

この認識はわたしたちのものとは違う。

そう。

芸術とは、それが事実であるにせよ、

一つの方法論であり成果であり、

問いかけが内包する答えなのだ。

それは見いだされたものであり

&それが発見される方法でもある。

生きてきた者はだれでも

年代記の編者であり＆ひとの手による遺物である。

なぜなら、その内に時間を抱えもっているから。

和解はわたしたちがつけたこの記録のなかにある。

わたしたちになにがしか記憶することがあるなら、

そのままの形で憶えておこう。

道路は先へと

つづいていくだろう

わたしたちが

歩きつづけるならば。***

［原注］*** 今日に至るまで、車が横断歩道で停車する確率は、白人歩行者に対してアフリカ系アメリカ人歩行者の場合、七分の一となっている。コートニー・コフェノーなど参照のこと。

　歩行者として歩行するという行為には、「公共空間の利用者が互いに信用しあうという協力プロセスが含まれている」。注釈のニコラス・H・ウォルフィンガーを参照のこと。

　通路で道を譲ること＆公共空間における力とは、「黒人」問題でも「歴史的」問題でもなく、共用空間におけるステータスの相互作用の同時発生的な基盤といえる。これまでの研究によれば、アフリカ系アメリカ人はラテン系の歩行者と同様、白人に道を譲る傾向がある。さらに、女性は男性に譲ることが多く＆有色の女性は肌の色のより白い女性に譲ることが多い。注釈のナターシャ・マトゥーンなど参照のこと。

DISPLACEMENT

変位／排除

A.

ここまでやってきた、

と、わたしたちは言う、

でも、まだまだ先は長い。

物理学では、このように教わる。

変　　位　と　距　離は違うものだと。

変位というのはたんにある対象が始まった場所＆終わった場所の

間にあるスペースのこと。

A_____B

一方、距離は物体が通った

経路の長さの総計だ。

あの陰気な丘を登るシーシュポスが

例の岩を押してどこまでいけるか、

［訳注］＊物理学でいう変位は、物体あるいは質点が位置を変えるとき、原位置から移
動先までの直線距離と方向を表すベクトル量。

またその岩が転がり落ちてくるルートの合計。

一篇の詩と＆それがわたしたちの体を駆け抜けて

自分よりほんのちょっと多い何かを残していくこと。

単純に言えば、大事なのは浮き沈みしながら、

絆をもつことであり、キャンセルすることではない。

伸張することであり、消去することではない。

そのときになってようやくわたしたちは理解する

自分の最悪な状態からの距離が

何世紀ぶんになっても＆なお

わたしたちはまだ排 除（ディスプレースド）されていないと。

そう。

わたしたちは来た道より遠くまで行っている。

＊　＊　＊

わたしたちの一部はまだ刺々しくて（バーブド）

＆野蛮で（バーバリック）、気味の悪い欲の複合体。

そこに　善に導かれた

要素もある

わたしたちの血は

血管にくくられて。

伝説によれば、

わたしたちの内側には二頭の狼がいる：

半分とは闘わねばならず

＆あとの半分には餌をやらねばならない。

落ちていくしかない半分と
＆決して挫けない半分。

B.

あのみじめだった夏
わたしたちは犬のように不機嫌《ジステンパー》*で
とはいえ動揺させられるのは　動かされることで、
進化にむかって押しだされることだ。
わたしたちの不快感は距離《ディスタンス》の尺度であり、
かつてあったものへの嫌悪《ディステイスト》。
それは、わたしたちが決して後戻りしないと理解すること。
歴史とは破片的《フラクチャード》であり＆自己相似形《フラクタル》でもある。
わたしたちは屈服してもなお、
降伏することはない。
わたしたちは沈みもすれば、
浮きもするかもしれない。
距離はとっても排除されず
移動するより遠くへ旅して。

いちばん大事なのは
わたしたちが互いに見つけあうこと
その間の  光に照らされた空間に。

［訳注］＊ジステンパーは犬なとの伝染病の総称。

FURY & FAITH

怒りと信念

万割されたんだ家は建っていられない。分割されるっていうこと、破壊されるのといっしょ。だ

ことだ。実際の問題。わたしたちの国の、肝心のみんなを滅多に数に入れない。まー

から星条旗から赤が染み出している。わたしたちは肝心だという言葉が肝心だという。度（マター）

度言おう。そもそも移民とか被入植者というのは隠喩表現なんだ。アフリカン・

アメリカン、エイジアン・アメリカン、ネイティヴ・アメリカン（どうやらホワイト・アメ

リカンというのは居ないらしい）。アメリカン形容詞か、アメリカン&修飾語。分

断され（土地ごと）、分解され、裸に剥かれて&鞭打たれ、稲模様をつけられた話。

消去には一生涯かけたリハーサルが要求される。あなたたちはよーくそのすすり泣くその身体をもっことの使い捨ての身体をもっことの意味を本当に理解している。あるいは悪夢から覚めるようにかばと頭を

か。わたしたちはまるでその泣きの目印だと気づいた。まるで夢から、ある夢から。せいぜい言っても見知ってきた傷った国ではない。わたしたちはいいっそ。せいぜい言っても見知ってきた傷った国ではない。その傷を想って泣くの

跳ねあげて、あなたたちはもこう結論する。これはわたしたちが築いてきた国だ。わたしたちはいいっそ。わたしたちはいいっそ国だ。その傷を想って泣くの

見知る。オー・ノウ。これはわたしたちの権利だ。相手に伸ばされた手、それとも肩にもたせかけた頭は、わたしたちが勝ち取るの

が、蒼穹から無言の衝撃＊

FURY & FAITH
怒りと信念

あなたたちは言われるだろう、これは問題ではないと、
あなたたちの問題ではないと。
あなたたちは言われるだろう、今はその時ではないと、
変化を始める時ではないと
言われるだろう、わたしたちは勝てないのだと。

でも抗議するときに大事なのは勝つことじゃない；
速やかな勝利が約束されなくても、
自由への展望をしっかり摑んでおくこと。

つまり、わたしたちは警察にも立ち向かえない
もし自分たちの想像力を警察のように取締まり、
まだ仕事に取り掛からないうちから、
これじゃだめだと共同体に思いこませ、
もう一千回も陽が昇るのを待ったのに、
これは後回しでいいと言い募るのをやめられないかぎり。
わたしたちはいまではよくわかっている
白人至上主義
&それが要求する絶望は
どんな病気よりも破壊的だって。

* ［訳注］p.165 本章のタイトルはウィリアム・フォークナー『響きと怒り』（The Sound and The Fury）のタイトルを踏まえている。
p.166 * A silent shock out of the blue だが、out of the blue で「だしぬけに」といった意味がある。

167

だから　あなたの怒りは反動的だと言われたら、

思いだしてほしい。怒りはわたしたちの権利だということ。

もう戦うべき時だと告げているんだ。

不正に直面したときの

怒りは自然であるばかりか、必要なものでもあると。

怒りがわたしたちを目的地に連れていく助けになるから。

わたしたちのゴールは復讐ではなく、修復なんだ。

支配ではなく、尊厳。

脅威ではなく、解放。

正当な正義。

わたしたちが成功できるかどうかは　今ここに

山積した課題(チャレンジ)によって決まるのではなく、

実現可能なあらゆる変化(チェンジ)によって決まる。

敗北の予感があっても

疲れはて＆もろくても、

わたしたちは止めようがないけれど

この炎にもはや怒りの燃料をくべられなくとも、

わたしたちはいつだってこの信念に力を得る、

聖歌に、誓約に、

ブラック・ライヴズ・マターであれ、

何であれ見いだされる信念に。

黒人の命は生きるに値し、

護るに値し、

あらゆる戦いに値する。

わたしたちには倒れた人たちのぶんも闘う義務がある、

けれど　朝が来て立ちあがれと呼びかけられたら

跪いたままではいない。これは自分たちへの務めだ。

無法ではなく解放の地をともに思い描こう。

疵はあっても自由な未来を築いていこう。

何度でも＆何度でも、繰り返し＆繰り返し、

わたしたちはあらゆる斜面をぐんぐん登っていく、

寛く＆慎ましく。

そうして尊く＆潔い力に

守護され＆仕えられるだろう。

これは抗議以上のなにか。

　　つまり、約束だ。

ROSES

薔薇たち

暴動は赤く
暴力は青く
死ぬのに飽いた
きみはどう[*]

［訳注］＊マザーグースのナーサリーライム "Roses are red, Violets are blue, Sugar is sweet, And so are you." を踏まえている。

170

THE TRUTH IN ONE NATION
ある国における真実

あの告げ口する発光性の緑のベスト——
ちょっと前にゆったりと走っていた彼の自転車は、
スリップして　止　ま　っ　た

ターンテーブルを動かす DJ の手みたいに。
狩人はすでに痕跡を残していた。
世界に印をつけろ＆自分のものにしろ。
わたしたちには隠すものなどなかったけれど、
狩人の前では無知を演じ、
ビュッフェの大皿みたいに無知を丸出しにしていた。
さあ、どうぞ。これで眼福を。
見て。
見て。
やめてください、ほんと。
わたしたちはすばやく点滅して
わたしたち差なくやっているんです、と知らせたけど、
狩人はもう戦闘状態にあった。
だって　わたしたちはみんな
　　　　　　　　いつもそうじゃない？

わたしたちは瞬きながら呆然とした、
猟銃を前にした牝鹿のように。
狩人は気づかなかったのか
わたしたちが何者で、
自分が何者であるか？
ひとりの少女がこのお話を語って生きていこうと
家に歩いて帰ろうとする。
＆と、その瞬間、わたしたちは
鼻を鳴らし

　　　　わめき散らし

　　　　　　　生き残ろうと必死になる。

わたしたちは存在しようと苦闘した。
なにも——
そう、文字通りなにも——
安全を保障するすべはない。
なかんずく沈黙は役に立たず
この巨大な生を背負って話すべし、
あの同じ息を吸える
保証はないんだから。

＊　＊　＊

国の冷たいプライドがわたしたちを殺すだろう、

わたしたちの影が射すその場で窒息させる。

これも熱狂的愛国（心）と呼ばれるものだ。

そういう痛み（ペイン）はパターンをもってパトロールし、

熟（こな）され、冷まされ、暗号化され、親しみ（ファミリアー）があるようで親（アンファミリアル）とは関係ない。

その正体がわかっていれば

わたしたちも平穏を渇望するだろうに。

＊　＊　＊

わたしたちの戦争は変容した。

夢を見ていれば

決して死なないなんて言ったのは

だれであれ　黒人じゃないのは明らか。

ときどき夕闇が総がかりでわたしたちを打ちのめす。

ときどき夜の深みのなかで

わたしたちは自分の名前を

何度も＆何度も＆何度も口にし、

やがてそれはすっかり意味を失い、

その音節はただの

死骸の仲間入りをする。

これもなにがしかのリハーサルなんだ。

わたしたちはじっとしていよう、
自分たちがまだ
存在していると
主張するためだけにも。
悪夢の頭巾をかぶって
わたしたちは蘇生する。
＊　＊　＊
死に渋る殉教者の連邦。
死をもっても平等は成らず、
死は無に等しく、
だれかの人生をゼロにする。
それがこの国の機構なんだ。

平常の生活が跳ねもどってくると、
暴力ももどってきた、
これも異常さのなかの通常、
思いきり全開。
＆だからわたしたちは全然震えていなかった、
この肩はもう思いだせなかったから
おたがいの体が
引き離されるのを見て
どんなふうにわななけばいいのか。

R.I.P. とは
Ravaged In Pandemic
「パンデミックで破壊された」
Rifled Innocent People
「ライフルで撃たれた無辜の人たち」
Razed Irreplaceable Persons
「消し去られたかけがえのない人たち」

気を抜くなよ、みんな。

* * *

なにかを問うというのは

手を挙げて

&結末を覚悟するということ。

応答は攻撃でもあり、

ひとを叩きのめしかねない。

お話があるのですが?　と言えば、

さあ、話せ！　と直ちに返ってくる。
（シュート）

ああ　愛する者たちの包囲されるさまよ。*

わたしたちがどんなに懸命に祈ろうと、

踵を返して逃げない者は

　　　　だれであれ

餌食になってしまう。

今日び、生きるというのは

死にゆく技術なのだ。
（アート）

［訳注］* 讃美歌「主にある父らの」のもじりと思われる。

* * *

わたしらはここに連れこられ、

&持てるものはこの汚いTシャツと、

この微睡む、無償の痛みだけ。

疲弊してなお潰えないわたしらの怒りを味わえ。

わたしらはこの世でなにを目の当たりにしても

もはや驚くことはなくなった。

不信というのはある種の

わたしらが持ちえない贅沢だ

あり得ない中休みなんだ。

ひと晩もちこたえるために

何度　息を切らして

不安を口にしただろう。

実のところ、国が丸ごと銃を突きつけられている。

* * *

この共和国は育ちがいかがわしい。

銃&病原菌&土地と命の横奪から成る国だ。

おお　見えるだろうか

わたしらの立つ血だまり、

ぬらぬらと血の色に輝く星のごとく

足下で光っている。

［訳注］*one nation under guns はイディオムを考慮すれば、「国が切羽詰まった・追い
つめられている」という意味にとれるが、進まない銃規制へのメッセージとして、文
字通り「国が銃を突きつけられて」という意味もあるだろう。また、one nation under
God「神のもとに結束する一つの国」という米国旗に対する忠誠の誓いの文言も掛け

わたしらは努力しさえすれば、ひょっとしてどんなものになれたろうか。

わたしらは耳を傾けさえすれば、どんなものになれそうだろうか。

* * *

傷跡&縞模様よ、永遠なれ。

死ぬほど怯えた学校、

学校の死の教練。

その実態は、教育が丸ごと机の下へ、

銃弾をよけて縮こまるありさま。

直後に急な落下があり

こう問うことになった

わたしたちの子どもたちは

どこで

&どうやって

生きていけばいいのか

&生きていけるのか。

あとだれを亡くすことになるのか。

* * *

ふたたび、言葉がものをいう。

子どもたちはこう教えられてきた──

アメリカ：その存在なしには民主主義が潰える国。

ている。「神の下の分割すべからざる一国家である共和国に忠誠を誓います」
p.176 ** ここからスタンザの最後まで、アメリカ合衆国国歌「星条旗」の一番をもじったもの。本来は「ああ、見えるだろうか、夜明けの光のなか　われらが黄昏の残光にかくも誇らかに讃えたものが」といった勇壮な内容。

ところが、真相はというと：

民主主義なしに潰えるのはアメリカのほうだ。

わたしらはこの国は燃えるだろうと思っていた。

わたしらはこの国は学ぶだろうと思っていた。

アメリカよ、

斯く歌うのか

わたしらの名を

単数にして

署名を入れ

焼き焦がして。

灰はアルカリ性、つまり塩基性。

まったく真実そのもの。

おそらく燃えるというのはありうるかぎり最も基本的な

浄化だ。

時間は言った：**生き延びるために変容せよ。**

わたしらは言った：**わたしの目の黒いうちはさせないぞ。**

自滅できるからといって自滅する国を

なんと呼べばいいのだろう？

変化せずに

炭化しようとする国を？

［訳注］p.177 *stars and stripes 星条旗に掛けている。

これを表すわたしらの唯一の語は
故郷(ホーム)だ。

* * *

とり憑くといっても色合いはひとつじゃない。

わたしたちは信じたい

自分たちが大切にしてきたものは持ちこたえると。

信じたいんだ。

実のところ、わたしたちは国ごと亡霊に憑かれている。

実のところ、わたしたちは国ごとぺてんにかけられている。

正直に教えてほしい：

わたしたちはいつか自分の言うような人間になれるのか。

* * *

世界はいまもわたしたちを脅かす。

知っていることを書けと言われ、

自分が恐れることを書く。

そのときようやく恐怖心は小さくなる

わたしたちの愛するものによって。

共に生きる人たち＆この惑星への共感で、

たえず膝をつきそうになる。

巨大な力でわたしたちを

打ち砕きかねない思いやりというもの。

［訳注］p.177 **under desk は「こっそり」という意味と、机の下に伏せるという文字
通りの意味を掛けているのだろう。このスタンザはテキサス州の小学校銃乱射事件の
後に一つの詩として発表された。

この世界のための愛、この世界における愛、

どれもきらめいていると同時に耐え難く、

持ち運べない感じがする。

＊　＊　＊

わたしたちがこの場を築いたときには、

世をリードすることもあろうが、

長続きしないかもしれない、

敗けるかもしれないと覚悟していた。

ここで共に生きる人たち、

わたしたちはなんじを

病めるときも＆健やかなるときも

息がわたしたちを別つまで

共にあり叱りつけ

愛し変えていくことを誓います。[*]

おふたりをなんと宣言しよう、

土地と闘争？[ランド　ストライフ**]

一度手をつけたことを

投げだしてはいけない。

＊　＊　＊

若く＆足下もおぼつかない、

そんな感じのこの国は、でも歩き方を覚えつつあるライオン

のように

[訳注] ＊婚姻の誓いをもじっている。本来は scold（叱る）ではなく hold、change（変える）ではなく cherish である。

凄烈だ。
丸ごと、ぎこちない歩みの国

わたしたちが繊細にやってこなかったこと、
せめて真っ当に＆念入りにやらせてほしい。
なぜなら　数多の約束のなかでも　ここで
交わした約束がまだ残っているから。

＊　＊　＊

わたしたちには　信念以外の
なにも信じられない
日もある。でも信念があれば
前進するには充分だ。

わたしたちは戦陣も用心もなく
変容することができると信じる。
わたしたちは意地っ張りで、一筋縄ではいかない。
この戦、勝ち目はないかもしれぬ、
そう見てとった将軍のように戦略的で。
楽観的でもあり、それは希望があるからではなく、
楽観的であることでのみ
望みをわがものにできるから。

＊　＊　＊

悲嘆は愛にかかっている。

** 結婚式では聖職者によりハズバンドとワイフ（夫婦）と宣言される。

わたしたちが最も大切にするものは離れていくだろう。
でも、わたしたちが変えてきたものは持ちこたえる、
特別な&選りすぐりのものとして。

わたしたちは自分たちを想像し
&互いに判断しあう：
わたしたちの顔は泣き濡れて&てらてらと光る
口のひらいた傷のように、
出来たての自己の
燃えあがる焰に目も眩みながら。
真実とは：ひとつの世界、不思議を畏れ、
天啓に剝かれて。
そんな祈りが
人びとが
平穏が
約束が
われらのものであるように。
正当で
&燦然と
&真であれ。

LIBATIONS
神への献酒

ライリ・ロング・ソルジャー*につづいて

今日
わたしたちは
耳を傾け　話しかける
過去に　痛みに　パンデムに
わたしたちは呼びかけ　担い　弧を描き
進んでいく　思い出し　名づけなおし　抵抗し
修復し目覚めさせるのだ、わたしたちの世界を
わたしたちの世界を　わたしたちの世界を
わたしたちの世界を、　幽霊^{ホーンツ}みたいに、
船殻^{ハル}みたいに、　人間^{ヒューマンズ}みたいに
自分たちの口を　ほぐし　灯で
故郷^{ホーム}へとみちびき

ながら。

［訳注］*アメリカの詩人・フェミニスト。

183

RESOLUTION

決心

THE MIRACLE OF MORNING
朝の奇跡

目覚めれば、世界は 喪 に服しているようだった。

重く垂れ込めた雲、押し寄せる人びと。

だけど　この黄金に輝く 朝 はいつもとなにかが違う。

陽射しの中になにか神秘的なものがある、

ひろやかで＆あたたかな。

ベビーカーを押しながらジョギングをするパパを見かける。

通りのむこうでは、明るい色の目をした少女が飼い犬を追いか

ける。

どこかのお祖母ちゃんがポーチでロザリオを繰っている。

近所の若者が食料を持ってくると、にたりと笑う。

自分がちっぽけに感じるかもしれない、ばらばらで＆みな独り

ぼっちで。

人びとがこれほどしっかり繋がれたことはない。

問題は、わたしたちがこの未知のものを乗り切れるかどうかで

はなく、

この未知のものをいかにして共に乗り切るかだ。

だから、この意味深い一日の始まりに、わたしたちは悼み＆癒す。

光のように、曲げられてもへし折られることはあり得ない。

わたしたちは一つになり、失望＆疾病のどちらにも打ち勝とう。
医療の場の英雄たち＆すべての従事者と共にあろう；
家族、図書館、ウェイター、学校、アーティストたちと共に；
会社、レストラン＆病院、もっともひどい痛手を受けたものを
支えよう。

わたしたちの心が燃え立つのは光のもとではなく、その欠如に
おいて。
なぜなら　わたしたちが真に愛することを知るのは喪失のなか
だから。
この混乱にあって、わたしたちは明晰になれるだろう。
苦しみのなかでこそ、連帯しよう。

わたしたちに感謝の心を与えるのはこの悲しみ（グリーフ）だから。
悲しみは希望の見つけ方も教えてくれる、仮に失ったとしても。
この鈍い疼きに無為に耐えることがないように：
この痛みを無視しないで。それに目的を与え、
使おう。

子ども向けの本を読み、**DJ** ミュージックに合わせて独り踊れ。
この距離がわたしたちの心をいっそう愛で満たすことを知ろう。

こうした涙の波から　わたしたちの世界はより力強く立ち現れる。

わたしたちはいつか　人^(ヒューマンカインド)類の立ち向かったその重荷は
人間^(ヒューマンズ・カインド)が優しくなれる機会でもあったことを述懐するだろう；
朝ごとにわたしたちが勇気を得て、もっと寄り添いあえるように；
戦いが終わる前にその光に目をとめながら。
これが終わるとき、わたしたちはすがしく微笑んで、ついに気
づくだろう
試練の時にあってこそ、最良の存在になれたことを。

AUGRY or THE BIRDS

予兆あるいはその鳥たち

古代ローマでは、卜占官*が公式の占い師だった、
鋭い眼差しを投げて、読み解くんだ
空を飛んでいく鳥が見せる
吉兆凶兆＆インクの染みのような形を。
卜占官の仕事は未来を予言することではなく、
一つの動きが起きる前に　新名をもつ神々が
それを承認するかどうかを見極めること。

未来を正確に予測する唯一の方法は
その道を舗装することであり、
　　　それに立ち向かうことだ。
破損はわたしたちが始める時点で生じる。
決壊は思い起こすためのもの。
つまり、
ここがわたしたちの痛み（ハート）をしまう場所。
わたしたちは怪我をもって夢を開始する。
わたしたちは切傷をもって聖別する。
わたしたちは陽光に縫合されながら、

［訳注］*古代ローマの公的な占い役。古くは貴族3名で、前300年から平民を含む9名が推薦で就任、のちに選挙制になった。天空や鳥の飛翔・鳴声などを観察して神意を占う。

自分が目を覚まし

ゆっくりと、やさしく身じろぐのを感じる、

まるで初めての目覚めのように。

これがわたしたちを引き裂きそうになった。

いや、実際に引き裂いた。

わたしたちは引き裂かれて新たに始める。

PRACTICE MAKES PEOPLE*
実践してこそひとになる

計画をたてること、
これが明けるのが、
待ち遠しいよ、という決まり文句。
文字どおりわたしたちは未来を
拳でどんどん叩き
その殻の中になにがあるのか探ろうとする。
でも　明日という日はただ明けるのではなく、
受け渡され、磨かれる。丹精される。
運命とは抗って闘うものではないと
覚えておいてほしい。それは闘って勝ち取るもの。何度でも
&何度でも。
＊　＊　＊
たぶん生まれたての知恵などというものはなく、
古びた嘆きがあるだけだ。
それらを名づける新たな語と
&行動する意思があるだけ。
日常が後ろによろめいて、停止と起動を繰り返すのをわたした
ちは見てきた。
生まれたての肌も乾かぬ子が歩みを覚えるように。
大気は帯電し&変化する。

わたしたちも、同じく。
あの針を腕に刺すまでの
軛をかけられた**果てしない時間
やっと：わたしたちが求めた痛みが。
そう、未確定の自分に
興奮すれば充分じゃないか。

［訳注］p.191 *Practice makes perfect（実践してこそものになる）のもじり。
**yoked-out（軛をかけられた）にはコカインでハイになるという俗語の意味もある。

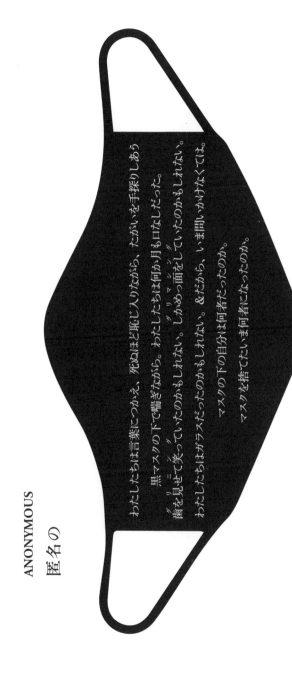

ANONYMOUS
匿名の

わたしたちは言葉について、死ぬほど距じ入りながら、たがいを手探りしあう

黒マスクの下で喘ぎながら。わたしたちは何か月も口なしだった。

歯を見せて笑っていたのかもしれない。しかめっ面をしていたのかもしれない。

わたしたちはまだマスクだったのかもしれない。&だから、いま問いかけなくては。

マスクの下の自分は何者だったのか。

マスクを捨てたいま何者になったのか。

WE WRITE
わたしたちは書く

わたしたちの手は　ぼんやりと浮かぶ&彼方の
幸せに向かって伸びていき、
&わたしたちは切り開く　いかに束の間でも
脆くて、邪悪ならぬものに
触れるため
出会うため
人間であるため
ふたたび；日々に散乱する、
なんでもないけれど再訪すべき驚きの数々。
わたしたちが奪われたそんな言葉にできない恵みのすべて──
抱擁、希望、愛情──
最後にはみなに愛され&見くだす者もいない。
立ち帰るには　言葉の艦隊が
丸ごとひとつ要るだろう。
＊　＊　＊
その後、わたしたちの声が割りこんでくる。
この先もう仕返しはなし
わたしたちは誇るだろう、この指に
どれほど鋭い切っ先がついていようと

変化は選択から成り、

＆選択は性格から成る。

なんであれ始まりを促すものにしがみつけ、

たとえ、それが泡のようにあえかなものでも。

わたしたちは希望を捨てない

理由なんかなくても。

分かちあうあらゆる理由ゆえに。

それは摂理であると同時に喪失だ

そんなときわたしたちはこう叫ぶ：

安らかに眠る者たちが決して離れていかず、

**　　わたしたちを導き立ちあがらせますように。**

わたしたちは生きた。

＆それは望んだ以上のものだった。

わたしたち自身も、燃え立って咆哮すべし。

＊　＊　＊

わたしたちは書く

なぜなら　あなたが聴いているかもしれないから。

わたしたちは書く　なぜなら

わたしたちは道に迷い

＆孤独で

＆あなたも、わたしたちのように

見よう見まねで

＆学んでいるから。

MONOMYTH

モノミス

映画というのは起きたことではない。映画というのは起きたことの印
象なのだ。
　　　　　　　　　　　　　　──ダスティン・ランス・ブラック

シーン1：見知った世界

ナレーション場面では、わたしたちはわれらのヒーローが世界
を見る見方でヒーローを見る。物語の始まり方についてはこう
いうものが「ふつう」だという考え方がある。

2019年12月：新型の肺炎様の病気が中国・武漢由来のものと
同定される（＆わたしたちはその存在にまだ気づいていなかっ
たが、12月下旬にフランスで治療されたある患者もコロナウイ
ルスに感染していたのだった）。

12月18日：オーストラリアで史上最高気温を記録する。この
年の春の降水量も史上最少だった。

シーン2：召喚

われらのヒーローは水平線のむこうからの呼び出しを受ける。
呼び出しに応じるのかな、と観客はポップコーンをむしゃむ
しゃやりながら思う。それに答えられるのはあなたたちだけだ。
2020年1月：オーストラリアのこの時季における黙示録さなが

らの森林火災が国際的な注目をあつめる。この災害によって、4600万エーカーの土地が焼け、33人の命が失われ＆3094軒の家屋が全焼した。世界自然保護基金はこの1月、約10万頭の動物が死んだと算出。アマゾンの熱帯雨林の火事のみならず地球全体に広がる森林伐採もつづいている。2020年の森林伐採は合計1万900平方キロ——アメリカのフットボールスタジアム200万個以上——にもおよぶことになるという。

1月30日：世界保健機関（WHO）は世界規模の公衆衛生上の緊急事態宣言を発出。

シーン3：召喚への拒否

われらのヒーローは呼び出しを拒否する。怠けているか、怯えているか、あるいはその両方。ヒーローは物語に従って変わっていくが、まだ変化の手前だ。

2月7日：世界に向けてCOVID-19の危険を早期に呼びかけていた中国人医師の李文亮（リー・ウェンリャン）博士がウイルスに感染して逝去。1月の初めには、その懸念は根拠のないものとする撤回声明書に李医師が署名することを中国当局が強制していた。過去の回想は伏線＆ドラマチック・アイロニー[*]として活用すべし。

［訳注］＊状況の意味を劇中人物はわかっていないのに観衆は理解している場合に起こる皮肉。

シーン4：良き指導者

ひとりの碩学の教師があらわれる。この人はわれらのヒーローがいまだ知らず、問うた例（ためし）もないことを、これから思い知らせるだろう。

アンソニー・スティーヴン・ファウチ博士[*]が表舞台に出て発言。

シーン5：敷居をまたぐ

われらのヒーローが新たな地へ足を踏み入れる。入り組んだ森、危険に満ちた小道。引き返す道はない。引き返したなら、自分に背を向けることになる。

イードゥース・マルティアエ[**]にあたる3月15日：クルーズ船「グランド・プリンセス」号が海に留め置かれる。イタリアでは、バルコニーから人びとが歌う。ここでサウンドトラックの音楽が盛りあがる。静かに＆絶えることなく。3月11日、WHOがCOVID-19のパンデミックを宣言。3月13日、ケンタッキー州ルイヴィルに住む救急医療技術者のブリオナ・テイラー（26歳）が誤認捜査で自宅アパートに踏みこんできた警官隊によって射殺される。彼女はこの件の容疑者ではなく、容疑者がその場にいたわけでもない。警官の拳銃から合計32発の銃弾が発射された。テイラーの名前をわたしたちが知るまでに時間がかかり、それを口にできるようになるにはさらなる時間が必要だった。

［訳注］* 当時、米国国立アレルギー・感染症研究所の所長であり、米政府の新型コロナウイルス対策本部のメンバー。

国境封鎖、ソーシャルディスタンス、ロックダウン＆隔離とい
うのが、もはや地勢となった。3月26日には、アメリカ合衆
国での感染報告数が世界最多となり、なかでも有色人種、労働
階級＆獄中の人たちの死亡者数が突出して多い。4月2日には、
171か国で100万件以上の感染が確認された。1000万人近くの
アメリカ人が失職。ここで、トイレットペーパーを略奪する人
びとや、家で食べるものもなく飢えている子どもたちのクロー
スアップ画像が入る。

シーン6：試練の道
一歩ごとに障害が立ち現れ、雑草のように曲がりながら外へ向
かう。

5月、日本とドイツはともに感染数減少期に入る。一方、ラテ
ンアメリカで増加し、米国では死亡数が10万人を超え、依然
としてどの国よりも多い。わたしたちは感染者数の曲線（カーヴ）を平た
くしようと躍起になる。ああ、体を丸めて抱きあう（カーヴィング）ことが恋し
い。

シーン7：献身
人びとの死は銃撃のように轟く＆取り返しのつかない打撃。
わたしたちはこの死者たちに献身し、死者たちのぶんまで前進

［訳注］p.198 **p.23 の訳注を参照。

しなくてはいけない。

5月25日：アフリカ系アメリカ人のジョージ・フロイド（46歳）が警察に拘束され死亡。警官が彼の頸部を膝で押さえつけ、息ができないという訴えを無視したため。

5月26日：抗議運動「ブラック・ライヴズ・マター」がミネアポリスで始まり＆世界中に広がっていく。いたるところで、わたしたちは叫ぶ。叫びつづける。

シーン8：窮地

ふと下を見たら自分のお腹からナイフが突きだしていた、というような驚き。これは、小説家などの間では「急変」と呼ばれる。

6月11日：コロナウイルスの感染者数がアフリカで20万人を超える。

7月10日：わたしたちは啞然としたまま数値化される。米国の新規感染者数は1日6万8千人に上り、1日の数字としては直近の11日間で7回目の記録更新となる。カメラが切り替わり、錆びた金メダルをつけた旗のワイドショット。

7月13日：この日までに500万人以上のアメリカ人が健康保険

を失効している。

シーン９：最も暗きとき

それに関して疑問の余地はない。わたしたちは最悪のやり方で
見捨てあっている。すべてが失われたかのようだ。わたしたち
は塹壕に閉じこめられ、這い進むことさえかなわない。

8月22日：このウイルス感染症の死者が地球全体で80万人を
超える。屍につぐ屍につぐ屍

2020年9月：カリフォルニア州、オレゴン州＆ワシントン州に
広がる山火事が史上最悪の被害を記録。これにより、地球上で
最悪の大気汚染を経験することになる（オレゴン州のある地域
では、その危険度が大気汚染指標の閾値を超えてしまう）。こ
の火災で1020万エーカーあまりの土地が燃え、1万軒あまりの
建物が焼け落ち＆40人近くが死亡。

9月3日：ウイルスは米国のあらゆる大学に押し寄せ、5万
1000人以上の感染者を記録する。

9月7日：400万人以上の感染者を出したインドがその数にお
いて世界で二番目の国となる。

9月28日：全世界での死亡者数が100万人に上る。実数は間違いなくはるかに多いだろう。

10月11日：3日間で100万人あまりの新規感染者を記録。

シーン10：内なる力

われらのヒーローは拳を握りしめる。なにかがわたしたちの内で筋肉みたいに引き締まり、自分たちがだれであるか、何者であるか、震える記憶が甦ってくる。音楽、骨の髄からのクレッシェンド。これってなにひとつ「平常」じゃない。それを言ったら、わたしたちも同様。

11月7日：ジョー・バイデンがアメリカ合衆国大統領選挙で当選。

12月2日：イギリスがファイザー社製コロナウイルスワクチンの緊急使用に認可を出し、この許可において西欧諸国で最初の国となり＆12月8日にワクチン接種を開始する。

12月6日：COVID-19が米国における死因の第一位となり心臓病を抜く。

12月11日：米国FDAがファイザー社製ワクチンの緊急使用に

認可を与え＆18日には同様にモデルナ社製のワクチンにも。

12月14日：米国の死者数が30万人を超す。ニューヨークを拠点とする集中治療看護師サンドラ・リンジーが臨床試験以外では米国内における COVID ワクチンの接種者第一号となる。彼女は黒人女性としてワクチンを接種することがいかに重要かを語っている。ある知事は、これは戦争を終結させる兵器だと言う。じきにわかることだが、このとき戦いはまだ始まったばかりだった。

シーン11：戦闘
われらのヒーローは敵同士の板挟みになって戦闘に従事する。長剣、軍刀、魔法の杖＆言葉で武装し、みずからの信じるものを護らねばならない。

2021年1月6日：トランプ支持者たちが米国連邦議会議事堂に押し寄せ、5名を死に至らしめる。どこかでひとりの詩人が月明りのない夜に言葉を綴り＆だしぬけにペンを置く。

1月7日－8日：Facebook & Instagram がトランプの利用を停止（のちの6月に、この禁止は2年間のもので2023年に終了すると公式に発表した）。Twitter は暴力賛美に関するポリシーに違反したとして、ドナルド・トランプの利用を永久的に禁止。

シーン 12：クライマックス

あらゆることがこの——クライマックス[climax]に向けて積みあげられてきたかのよう。クライマックス、わたしたちがその痛み[pain]だけでなく、そのむこうにある平原[plain]を見わたせるぐらい高く昇る[climb]こと。

1月20日：場面・議会議事堂の外——昼間。ジョー・バイデンが第46代アメリカ合衆国大統領に就任し、カマラ・ハリスが初の女性副大統領となる。アジア系アメリカ人＆アフリカ系アメリカ人としてもこの役職に就くのは初めて。奴隷の末裔である痩せっぽちの黒人の女の子アマンダ・ゴーマンが、米国史上最も若い就任式詩人となる。正午ぴったりに、薄黒い雲が折れ曲がって＆切れ間から陽の光が射してくる。[*]

シーン 13：決意

ヒーローはその長剣を拭い、屍を数える。家路につき、それが始まったところへ帰す。頭を高くあげ＆と同時にこうべを垂れ、ここで起きたことは決して忘れない。

1月20日の続き：カナダの油田と米メキシコ湾岸の製油所を結ぶパイプライン「キーストーン XL」の建設認可をバイデン大統領が取り消し、このプロジェクトは活動停止する。80万バレルの石油をアルバータ州からテキサス湾岸まで輸送する計画

［訳注］*bend than break（折れるよりたわむがまさる）という常套句にも掛けているかもしれない。

だった。大統領就任から数時間で、バイデン大統領は国連事務総長アントニオ・グテーレスへの書簡にて、米国は WHO のメンバーに留まることを伝え、前政権によって計画されていた脱退を撤回。

2 月 19 日：米国はパリ協定に再加入する。

2 月 27 日：米国 FDA がジョンソン＆ジョンソン（J＆J）社製の COVID ワクチンの緊急使用許可を出す。

3 月 11 日：WHO が COVID-19 のパンデミックを宣言してから丸 1 年。

3 月 12 日：アメリカ合衆国は 1 億回目のワクチン接種を行う。感染者数は下がっている。

4 月 13 日：バイデン大統領は 9/11 の 20 周年にあたる 9 月 11 日までに、アフガニスタンからアメリカ軍全軍を撤退させ、この国にとって最長となった戦争を終わらせると発表。8 月にはタリバンがカブールを制圧することになる。

4 月 20 日：ジョージ・フロイドを殺した犯人は二件の謀殺と一件の故殺のかどで有罪判決を受ける。いたるところで、わたし

たちは声をあげて泣く。

7月下旬までに、40億回ぶん近くのワクチンが全世界で接種された。わたしたちは膝に伏せていたおでこを引き離し、両手をマスクみたいに顔から引っぱがす。その下にあった微笑みは戦闘後の胸甲みたいに剝がされている。

どこかでひとりの読者がこれを読む。

決意というのは、それがまだ進行中で、書かれず、読まれずにいても存在するものなのか？

ナレーション場面では、わたしたちはわれらのヒーローが世界を見る見方でヒーローを見る。物語の終わり方についてはこういうものが「ふつう」だという考え方がある。わたしたちの内_{インサイド}に湧きあがる閃_{インスピレーショナル}きと洞察_{インサイトフル}。

その音楽には必ずだれかが欠けている。

シーン14：尋常じゃない世界

ヒーローはなにかが違う。その宇宙はなにかが違う。地の果てに新しいなにかが太陽みたいに掛かっている。

映画の続編を髣髴とさせる第2弾「デルタ株」なる変異株がこの年の後半に登場し、さらにシリーズ第3弾「ラムダ株」が現れる。

暗転。

ナレーターの声が延々とつづき、沈黙を吸いあげていく。

主人公のテーマソングが最初から流れ、エンディングを盛りあげる。

その旅の終わりに、ヒーローは物語が始まったのと同じ場所にいてもよいが、いずれにしてもヒーローは移送され、変更され、代替されていて、もとにはもどらない。

わたしたちはみんながみんなヒーローではないけれど、少なくともみんな人間だ。いまは幕を閉じる時ではなく、幕を開ける時。あるいは広げる時——あくびではなくさけび、謳われた詩。自分たちのなにを認め、自分たちの中になにを受け入れるのか。「すっかり終了」や「すべて完了」なんていう事態は来ない。もしわたしたちに閉幕<ruby>閉幕<rt>クロージャー</rt></ruby>がもたらされるなら、たがいに寄り添う<ruby>寄り添う<rt>クローサー</rt></ruby>という幕引きになるだろう。ああ、物語にしてみると、闘争はいかにも整頓されて＆必要不可欠に見える。わたしたちはきれいにカットされた弧をどれだけ繰り返し描くのか。この世界がいかに受け継がれていくか、それを描くのがわたしたちの物語だ。

このタイムラインは当然、完結しない。サンプルがシンプルであることはなく、いつだってサンプルは不測の耐えがたきものを喚起するには不足なのだ。

あんな暗闇のなかで、だれが＆なにがわたしたちにとっていち

ばん大事か量るすべはない。

これらはわたしたちが乗り越えていくことの一部にすぎない。
でも、それを足し合わせたより多くのものになろうよ。

CODA IN CODE

コードの中のコーダ

_ O _ _ PEN!

NOW _ PEN!

_ _ _ _ _ IT IS OVER

_ _ _ WA_T IS OVER

THANKS FOR _ ASKING!

FIN_ _ _ _

_ _ LAST

_ _ _ ALLY

_ _ _COME BACK

WE _ COME BACK

WE_ _ _ _ _ _ _ _ _ _ _ _ _ _WILD

WE _ _ _ _RING

WAT_ _ _ _ _ _ _ _ _ _ _ _ _ _ _ _ WE _ _
MEANT TO _ _ SEE_

WAT_ _ _ _ _ _ _ _ _ _ _ _ _ _ _ _ WE _ _
MEANT TO BE _ _ _ _^{†††}

210

THE UNORDINARY WORLD
並はずれた世界

訊くところによると、
最悪の部分は終わったという。
このたびわたしたちが孤独なのは、
命(コマンド) を受けてのことではなく、
ひとえに求めてきたものが、
自身を支える半身(セカンド)だったから、
静かに＆しかと見極め、
リモートでも距離を感じさせない存在、
たとえば、大好きな地球の
まわりを回る月みたいな。

訊くところによると、
最良の部分が始まったのだから、
もうわたしたちは　輝くあらゆるものに
怯えて丸まる毛虫じゃない。
わたしたちの未来はひとつの海だ
太陽の光にあふれ、
わたしたちの魂は太陽のようにたくましく＆耐えてきた。
だれの中にもあの燃える焔がひと欠片はあるはずだ。
わたしたちは何者だというのだろう、あの暗闇から
つくられたのでないなら。

ESSEX II

エセックス II

世界がばらばらになるにつれ、

　　　　わたしたちは寄り添った。

自分たちを救えるのは自分たちだけだから。

　　　　わたしたちの顔は今という時で満ち、

月によって満ち引きする潮のように

　　　　新たな意味がわたしたちに打ち寄せる。

わたしたちは失くしたものを背負い、

　　　　愛するものに

導かれていく。

　　　　今ぐらい遠くにあると、

暮れどきの太陽は

　　　　掌で皮を剝けそうに見える。

つまり、距離というのは

　　　　あらゆる巨大なものを

持ち運び可能にする。記憶を互いのものにし、

　　　　その痛みを個人のものでありみんなのものにするのは、

この抱え持つという行為なんだ。

　　　　ゆっくりと、哀悼は贈答に変わる。

それを迎え入れ、自分たちの喪失に耳を傾け、

　　　　むしろそれを生かすなら、

喪失の大きさが縮むことはなくても、

　　　重荷としては軽くなるだろう。

そのときようやく息がつける。

　　　もっとも高密度の絶望が

連れていく先には並はずれた歓びがある。

　　　ときには自分の内なる深みに

飛びこむのが

　　　そこから浮かびあがる

唯一の方法となる。

RESOLUTE

決然と

このほとばしる平穏はいたく深みを流れるから
わたしたちはその場に立ちすくむ。
まちがいなく詩は
ごっそり削りとられたひとつの時代に、
わたしたちが飲みくだせずにいる一年に、
明かりを灯す。
喜びを覚えるのはそこに正義があるから、
それはわたしたちが断ち切り、耐え抜き＆
携わってきたすべてを背にして
星影に照らしだされる。
石を揺るがそうとせず、
わたしたちが山脈をなそう。

ARBORESCENT III, or ELPIS
樹木のようにⅢ、または希望<ruby>エルピス</ruby>

言いなおしてもいいかな、

今度はちゃんと言えるだろうから

(&エンディングってそのためにあるんでしょ?):

わたしたちはわけなく望んだわけじゃない。

希望はそれじたいが理由なんだ。

わたしたちが大切な人たちを思うのは

なにか特定の、個々の、理屈があるわけではなく、

むしろその人たち全体を思っている。

つまりね、

愛は愛することで正当化されるということ。

あなたたちも、わたしたちのように、なにかにとり憑かれて&ホーンテッド

人間らしく、ヒューマン

わたしたちも、あなたたちのように、なにかにとり憑かれつつホーンテッド

&回復の途上。ヒーリング

わたしたちが真実と感じるものは

それがこの身に及ぼす力によって

ようやく理解される。

樹木と同じで、

陽の光でわたしたちを満たす

あらゆるものに対って<ruby>むか</ruby>

いかにねじれていくか、
それでわたしたちの形が決まる。
この愛を鎖につなぐのではなく
焼き尽くすぐらいであるなら
わたしたちはこの痛みのなかから
真に伸びていけるだろう
それを表す語はただ一つ、
変化だ。

CLOSURE
終わりに

もう一度やりなおすことは

後戻りなんかじゃなく、

決然と進むことだ。

わたしたちの物語は

彫りこまれた円ではなく、

螺旋だ。放たれ／形作られ／回転し、

無限に内へ＆外へと移ろっていく、

声のほとりにある肺のように。

ともに息をしよう。

わたしたちが過去に何者であったか、いま何者なのか、

そういうことは措いて＆超えて下船しよう。

これは帰還であり＆同時に旅立ち。

わたしたちはどこまでも螺旋を描き、押しあげ＆押しだす、

大地から萌えでて、

伸びていくなにかのように。

詩のなかに、終わりはない、

それは　ページが

挙げた手のように

燃え広がり＆求めつづけ、

待ちかまえ＆間をおく場所にすぎない。

ここにわたしたちの、骨[*]に分かたれない絆がある。

おそらく愛というのは

みんなで同じ空気を吸うときの感じ。

わたしたちの持てるものは時間だけ、「今」だけだ。

時間がわたしたちを先に進ませる。

わたしたちは互いにどんな存在なのか

＆わたしたちとは互いにとってなんなのか。

“なにもかも”とは言えないまでも、

わたしたちの心の揺れるさまを見れば、

それがすべてを物語っているだろう。

［訳注］＊この骨（bone）はふたたび物理的・身体的限界や境界の概念として使われている。

218

WHAT WE CARRY

わたしたちの担うもの

子どもの頃、わたしたちは草に座し、
両手を土につっこんで、
あの湿った茶色い宇宙が
はっと&目覚めて身もだえするのを感じた。
大地を 掌 のボートに受けて。

わたしたちの目は驚きで大きく瞠られた。
子どもはわかっている：
どんな煤でもすてきな賜物。
どんな泥でもきれいな奇跡、
疵されようともやっぱりきらめく。

Ark（方舟）：ノアの一族&動物たちを洪水から守ったあれみた
いな舟のこと。ラテン語の arca に由来する語で、「収納箱」を
意味する。ラテン語の arcere 「閉じこめる、守る、納める」と
非常に近い。Ark は慣習的にトーラーの巻物を仕舞っておくシ
ナゴーグ^{**}の場所も意味する。

［訳注］* モーセ五書。
** ユダヤ教の礼拝堂。

つまり、

わたしたちは言葉を Ark にしまう。

それ以外に言葉の置き場所があるだろうか。

わたしたちは話し／書き／望み／生き／愛し／戦いつづける。

つまり、わたしたちは禍の先を信じる。

陸地の入り口では

終わりさえも終わる。

それは反復ではなく、応報。

日々というのは二人組で歩むしかない──

過去＆現在、ペアになってパラレルで。

わたしたちが自分自身から、自分のために、

救いだすのは未来。

言葉が大事なんだ、なぜなら

言語とは方舟（ark）だから。

そう、

言語は芸術品（アート）だから。

口をきく手工品（アーティファクト）だから。

そう、

言語は命の創造物（ライフクラフト）だから。

そう、

言語は救命筏だから。
ライフラフト

わたしたちはどうやって触れあい、

＆いかに確かなものを信じるか、思いだしたばかり。

自分たちの真の名前を知ったばかり——つまり、

いまどう呼ばれているかではなく、

ここから先なにを担っていくために

呼ばれたのかということ。

わたしたちが担うもの、それは

なにより大切に思うものやひとに他ならない。

いまのわたしたちが光の代償でないなら、

なんなのだろう。

喪失は愛することの対価であり、鼓動＆魅惑を上回る負債。
pulse pull

わたしたちがそれを知っているのは決意したからだ、

記憶しておくことを。

実を言えば、

驚きと気づきで疵つくことで地球はひとつになった。

かくもまばゆい光を

絶やさなかったことに乾杯しよう。

実のところ、喜びはある

ほとんどなにもかもを捨て去るなかにも。たとえば、

怒りを、碇を失くした難破船を、

傲慢を、憎悪を、

亡霊を、強欲を、

憤激を、激戦を、

波うち寄せる岸辺に。

それらが憩う場を、

わたしたちはもうここに持たない。喜べ、

なぜなら後に残してきたものから

ひとは自由になりはしない、

でも、置いてきたものこそが

わたしたちに必要なすべてだ。

わたしたちはこの素手で

もう充分に

武装している、

いま花開こうとするなにかのように、

ひらいているが空っぽではない。

わたしたちは明日へと進みゆく、

手に担うものは、

この世界だけだ。

THE HILL WE CLIMB
わたしたちの登る丘

アメリカ合衆国大統領とバイデン博士、副大統領とエムホフ氏、
そしてアメリカ国民のみなさんと全世界に捧ぐ。

朝が来るたびに、わたしたちは自問する。
どこに光を見出せるというのか？
この果てなくつづく暗がりに。
わたしたちの抱える喪失、これからわたる荒波に。

勇を鼓し、悪の跋扈する場にもぶつかってきた。
沈黙、すなわち平穏とはかぎらない、
只そこにあるものが規範や通念となろうとも、
それが正義とはかぎらないと知りもした。

それでも知らぬ間に夜は明ける。
さあ、どうにかしてやり遂げよう。
これまでもどうにか持ち堪え、目の前には、
壊れたわけではない、ただ未完の国がある。

わたしたちはこういう国と時代を継承していこう、
痩せっぽちの黒人の少女、

奴隷の末裔にしてシングルマザーに育てられた娘も、

大統領になる夢を見られるような。

と思えば、その子はいま大統領に詩を暗唱する役まわり。

そう、わたしたちは完成からも、かといって生^きのままからもほど遠い。

けど、だからといって、完璧な国を求めて励むのではない。

目指すのは、志をかかげて結束をかため、

人間のどんな文化、どんな肌色、どんな気質、

どんな境遇にも、

真摯にとりくむ国を築いていくこと。

うつむけた目をあげ、

わたしたちを隔てるものではなく、

わたしたちの先にあるものを見つめよう。

人びとの間の溝を埋めよう。

なぜなら、わたしたちはもう知っている。

未来を第一に考えるなら、第一に、

たがいの差異は脇におくべきだと。

さあ、武器^{アームズ}を置こう。

たがいの体に腕^{アームズ}をまわせるように。

だれも傷つけず、皆が調和する社会を目指そう。

すくなくとも、これだけは事実だと地球に言わせよう。
わたしたちは懊悩しつつも、大きくなり、
傷つきながらも、希望をすてず、
疲れ切っても、力を尽くし、
とこしえの絆を得たのだと。
わたしたちに勝利があるなら、
もう二度と負けないからではなく、
もう二度と分断の種は蒔かないから。

思い描けと聖書は言う。
「だれもが其々のブドウとイチジクの木陰で安らぎ、
だれにも脅かされない」さまを。
わたしたちなりの時代を生きていくなら、勝利は
凶刃ではなく、わたしたちの架けた強靭な橋にある。
それこそが、鬱蒼たる森にひらけた約束の地、
わたしたちに勇気さえあれば登れる丘の斜面。
アメリカ人であるなら、受け継いだ誇りに甘んじず——
過去にこそ踏み入り、過ちは正していこう。

国を分かちあうことなく、ばらばらに分かつ力を、
民主主義の足を引っ張るだけでも国ごと滅ぼしかねない勢力を
わたしたちは見てきた。
しかも、この企みはあやうく完遂しかけた。

けれど、民主主義は折々に足止めされることこそあれ、
打ちのめされたままではあり得ない。

この真実を、この信念を、よりどころにしよう。
わたしたちは未来を見据える一方、
歴史に見張られてもいるのだ。

正しくあがなう時がやってきた。
そのとば口に立つわたしたちは慄き、
そんな苛酷な時代を継げる気がしなかった。
それでも歩みゆくうちに、わたしたちは力を見出した。
この国に新たな章をつむぎ、
みずからに希望と笑いをさしだす力を。

かつてわたしたちは自問した。どうしてわたしたちが、
惨禍に打ち勝てるというのか？
今のわたしたちには断言できる。このわたしたちが
惨禍に打ちのめされるはずがないと。

過ぎた日に歩みを戻すことなく、
わたしたちは明日に向かって進む。
痣はあっても、健やかに立ち直り、

思いやりに満ちながら、思い切りよく、
情熱と自由の国へと。

わたしたちはどんな脅しにも、背を向けず、
引き返しもしない。
無為と無気力はかならず、
次世代に負の遺産をもたらす。
わたしたちがつまずけば、次世代に負荷をもたらす。
でも、ひとつだけ確かなのは、
慈しみと強さ、強さと正しさをひとつにすれば、
愛がわたしたちの手渡す遺産となり、
孫子が生まれながらに改革の権利をもつことだ。

だから、この国を受け継いだときより良い国にして
後世に受け渡していこう。
うち鍛えられたブロンズの胸で息吐くごとに、
この傷負った世界に息吹をあたえ、輝かしい場へと育んでいこう。

わたしたちは黄金の陽に染まる西部の丘陵地で立ちあがる！
風の吹きすさぶ北東部、昔々に先祖たちが初めて革命をなしと
げた場所で立ちあがる！
数々の湖にかこまれた中西部の町々で立ちあがる！
灼熱の太陽が照りつける南部で立ちあがる！

わたしたちは建て直し、歩み寄り、立ち直る、
この国で知られるあらゆる場所で、
わたしたちの国と呼ばれるあらゆる片隅で、
多様でありながら実直な国民たちが。
わたしたちは押しひしがれてもみごとに身を起こす。

朝が来たら、暗がりから踏みだそう。
熱い思いを胸に、臆することなく。
解き放てば、新たな夜明けが花ひらく。
光はきっとどこかにあるのだから。
わたしたちに見る勇気さえあれば、
わたしたちに光になる勇気さえあれば。

注釈

SHIP'S MANIFEST
船のマニフェスト
　「幽霊」(hant) という語は、「亡霊」(haunt) の方言で、『首無し幽霊』のようなアフリカン・アメリカンの民話で一般的な言葉である。詳しくは下記も参照。
Henry Louis Gates, Jr. and Maria Tatar, eds., *The Annotated African American Folktales* (New York: Liveright, 2017).

FUGUE
遁走曲
　「もろもろおしまいにしようとする」(tryna end things) という行は、リアーナの 2016 年のアルバム『アンチ』に収録されている、リアーナ・フィーチャリング・ドレイクの曲「ワーク」にインスパイアされている。彼らのリリックは「If you come over / Sorry if I'm way less friendly.」というもの。
　「社会的信頼度」: David Brooks, "America Is Having a Moral Convulsion," *The Atlantic*, 2020 年 10 月 5 日, https://www.theatlantic.com/ideas/archive/2020/10/collapsing-levels-trust-are-devastating-america/616581.
　「2021 年の研究によれば」: Arnstein Aassve et al., "Epidemics and Trust: The Case of the Spanish Flu," *Health Economics* 30, no. 4 (2021): 840-857, https://doi.org/10.1002/hec.4218.

CUT
切り傷
　「わたしたちは変えなくてはいけない、／あらゆる意味で、こんな終わり方を。」(We must change / This ending in every way) という行は、ライナー・マリア・リルケの詩『Archaic Torso of Apollo』の最終行、「You must change your life」にインスパイアされている。

WHAT A PIECE OF WRECK IS MAN
難破船のかけらが人間ということさ。
　「難破船のかけらが人間ということさ。」というフレーズは、ウィリアム・シェイクスピアの戯曲『ハムレット』におけるハムレット王子のモノローグ「What a piece of work is a man!」にインスパイアされている。

ESSEX I
エセックス I
　「わたしたちは自分が狩るものになる」(we become what we hunt) という行は、ナサニエル・フィルブリックの『*In the Heart of the Sea: The Tragedy of the Whaleship Essex*』(邦訳『白鯨との闘い』集英社文庫、相原真理子訳) の以下の一節にインスパイアされている。「雌を主体とするマッコウクジラの家族のネットワークは、捕鯨船員がナンタケットに残してきたコミュニティーに驚くほどよく似ている。どちらの場合も、男があちこち移動してまわる。マッコウクジラをとることに専念した結果、ナンタケット人は自分たちの獲物と同じような社会組織を築くにいたったのだ」(前掲書より)

ANOTHER NAUTICAL
これまた船にかんすること
　「昏いぶどう酒色」(Wine-dark) というのは、ホメロスの『イーリアス』と『オデュッ

セイア』で海を描写する際にしばしば用いられる決まり文句である。

LIGHTHOUSE
灯台
　テレンティウスは紀元前170年頃、高名な劇作家となった元奴隷である。引用した「人間に関わる事柄で自分に無縁なものはなにもない。」（*Homo sum, humani nihil a me alienum puto,*）は最も有名な行のひとつで、英語では「I am a man, I consider nothing that is human alien to me.」と訳されている。マヤ・アンジェロウは、テレビ番組『Oprah's Masterclass』シリーズでこの引用部に言及していた。
　「自分にとって無関係な他人はだれ一人いない。」（No human is a stranger to us）という行は、テレンティウスの情感を呼び起こすようになっている。

HEPHAESTUS
ヘーパイストス
　「これは寓意ではない。」（This is not an allegory.）という行は、ゼウスに天界から投げ落とされるヘーパイストスについての、プラトンの『*Republic*』（Paul Shorey 英訳）からの引用に触れたものである。「ヘラが息子に縛られた話だとか、母が打たれるのをかばおうとしてヘパイストスが父神（訳注：ゼウス）に天から投げ落される話だとか、またすべてホメロスが創作した神々どうしの戦いの話などは、たとえそこに隠された裏の意味があろうとなかろうと、けっしてわれわれの国に受け入れてはならないのだ。なぜなら若い人には、裏の意味とそうでないものの区別ができないし〜」（『国家』下巻、岩波文庫、藤沢令夫訳より）

CORDAGE, or ATONEMENT
索具、あるいは贖い
　本書の表現（voice）に一貫性をもたせるため、多数の引用や消去詩の原文についても、わたしは「and」の位置に「&」記号を代入している。同じく代名詞は、一人称複数形の「our / we / us」に入れ替えた。句読点や大文字小文字についても、適宜改変している場合がある。
Hensleigh Wedgwood, *A Dictionary of English Etymology*, vol. 1 (London: Trübner & Co., 1859), 72.

EARTH EYES
地球の目
　「親たちには赤く〜いてほしい」（how we want our parents red）という行はフェデリコ・ガルシア・ロルカの詩『夢遊病者の歌』（Romance Sonambulo）を通じて繰り返される「緑よ、あなたには緑でいてほしい」（Verde que te quiero verde,）という行にインスパイアされている。

PAN
パン
　ピトス（壺）に保管されているものについて、「遺体」に言及したのは、ギオルゴス・パボウラナキスの論文の影響である。"Funerary Pithoi in Bronze Age Crete: Their Introduction and Significance at the Threshold of Minoan Palatial Society," *American Journal of Archaeology* 118, no. 2 (2014): 197-222.

PRE-MEMORY
前記憶
「後記憶恨^{ハン}というのはパラドックスだ」: Seo-Young Chu, "Science Fiction and Postmemory Han in Contemporary Korean American Literature," *MELUS* 33, no. 4 (2008): 97-121.

WHO WE GONNA CALL
だれを呼ぼうか
『Who We Gonna Call』というタイトルは、映画『ゴーストバスターズ』の同名のテーマ曲（レイ・パーカー・ジュニア）より引用。

***VALE* OF THE SHADOW OF DEATH or**
EXTRA! EXTRA! READ ALL ABOUT IT!
死の影の vale あるいはエクストラ！　エクストラ！　それのことはぜんぶ読もう！
「侮蔑の言葉を発すると、その声で人はけだものになってしまう。」（a slur is a sound that beasts us）という行は、ルシール・クリフトンの七部にわたる詩『far memory』の第六部『karma』にある行「the broken vows / hang against your breasts, / each bead a word / that beats you.」にインスパイアされている。

CONDOLENCE
お悔み
　セシリアはワシントン州トッペニッシュ出身のヤカマ部族の 16 歳で、オレゴン州セーラムの国立寄宿施設シェマワ・インディアン・スクールでインフルエンザで亡くなった。この詩は、ヤカマ・インディアン・エージェンシーの教育長からセシリアの母グレース・ナイへの弔文の文字を「消去」したものである。セシリアはインフルエンザの大流行で亡くなった多くのネイティヴ・アメリカンの一人だった。虐殺、悲惨な貧困、公民権の剥奪、病気、残忍な強制移住などによってすでにほぼ全滅状態だった先住民にとって、これは壊滅的な打撃だった。
　看護師長のデジー・コディングは、学校での 150 名という膨大な患者と 13 名の死亡者を記録している。教育長はこう書いている。「あまりに多忙で、セシリアの死に関する詳細をお伝えするのは不可能なのです」セシリアは家族と 200 マイル以上離れた場所で亡くなったが、それは先住民の子どものあいだでは珍しいことではなかった。「インディアンを殺し、人間を救え」という教条のもと、アメリカ政府は何万人ものネイティヴ・アメリカンの子どもを家族から引き離し、同化のために政府が運営する寄宿学校に強制的に入れた。セシリアの死が示すように、虐殺的な教育は実際に「インディアンを殺し」たのだ。教育長の手紙はこう結ばれている。「セシリアのご遺体は良好な状態で届けられると信じております。お悔み申し上げます」シェマワ・インディアン・スクールは最古のネイティヴ・アメリカン寄宿学校として、いまだに運営されている。
Dana Hedgpeth, "Native American Tribes Were Already Being Wiped Out-Then the 1918 Flu Hit," *Washington Post*, September 27, 2020, https://www.washingtonpost.com/history/2020/09/28/1918-flu-native-americans-coronavirus.
"Members of Oregon's Congressional Delegation Continue to Demand Answers Surrounding Chemawa Indian School," Congressional Documents and Publications, Federal Information & News Dispatch, LLC, 2018.

SELMA EPP
セルマ・エップ

Catherine Arnold, *Pandemic 1918: Eyewitness Accounts from the Greatest Medical Holocaust in Modern History* (New York: St. Martin's Press, 2018), 124.

THE DONOHUE FAMILY
ダナヒュー一家

Arnold, *Pandemic 1918*, 126.

DONOHUE FAMILY LEDGERS
ダナヒュー一家の帳簿

Arnold, *Pandemic 1918*, 126-127.

DC PUTSCH
DC 暴動

『DC 暴動』というタイトルは、1923 年 11 月 8 日・9 日にナチ党のリーダー、アドルフ・ヒトラーによって企てられ、失敗に終わったクーデターの「ビアホール暴動」（the Beer Hall Putsch)、あるいは「ミュンヘン一揆」（Munich Putsch）を参照している。ヒトラーは逮捕され、反逆罪に問われた。

THE SOLDIERS (OR PLUMMER)
その兵士たち（あるいはプラマー）

　第一次大戦期間、アメリカ陸軍はいまだに人種を分離していた。アフリカ系アメリカ人軍人の大部分は白人と分けられて、非戦闘任務に従事した。100 名以上の黒人医師が陸軍医療部隊の将校として勤務し、12 名の黒人歯科医将校、639 名の黒人歩兵将校、40 万名の黒人下士官がいた。14 名の黒人女性が海軍事務官として働いていた。差別的な管理という障壁のため、訓練されたアフリカ系アメリカ人の看護師が戦争に参加することはなかったが、1918 年の公衆衛生の危機に際し、ついに黒人として初めて 18 名の看護師が、感染症流行中から戦後まで陸軍看護隊で勤務することになった。

「ロイ・アンダーウッド・プラマー」："Cpl. Roy Underwood Plummer's World War I Diary," スミソニアン国立アフリカ系アメリカ人歴史文化博物館、最終更新日 2021 年 6 月 17 日、https://transcription.si.edu/project/26177.

「几帳面に日記をつけていた」: Douglas Remley, "In Their Own Words: Diaries and Letters by African American Soldiers," 国立アフリカ系アメリカ人歴史文化博物館、最終更新日 2020 年 5 月 18 日、https://nmaahc.si.edu/explore/stories/collection/in-their-own-words.

「アフリカ系アメリカ人軍人の大部分」："African Americans in the Military during World War I," National Archives, 最終更新日 2020 年 8 月 28 日、https://research.wou.edu/c.php?g=551307&p=3785490.

「ついに黒人として初めて 18 名の看護師が」: Marian Moser Jones and Matilda Saines, "The Eighteenth of 1918-1919: Black Nurses and the Great Flu Pandemic in the United States," *American Journal of Public Health* 106, no. 6 (June 2019): 878.

WAR: WHAT, IS IT GOOD?
戦争：なにそれ、役に立つのか？

『War: What, Is It Good?』というタイトルはエドウィン・スターの 1970 年のアルバム『ウォー・アンド・ピース』に収録された「ウォー（黒い戦争）」をもじったものである。

「1918 年のインフルエンザで〜犠牲になった」：Kenneth C. Davis, *More Deadly Than War: The Hidden History of the Spanish Flu and the First World War* (New York: Henry Holt and Co., 2018).

「イギリス軍は〜ケーブルの切断を先駆的に行った」：Gordon Corera, "How Britain Pioneered Cable-Cutting in World War One," *BBC News*, 2017 年 12 月 15 日、https://www.bbc.com/news/world-europe-42367551.

「医師たちの投書を掲載するのをしばしば拒否した」：Becky Little, "As the 1918 Flu Emerged, Cover-Up and Denial Helped It Spread," History, 最終更新日 2020 年 5 月 26 日、history.com/news/1918-pandemic-spanish-flu-censorship.

「イギリス陸軍郵便局は〜配達した」："Letters to Loved Ones," Imperial War Museums, 最終更新日 2020 年 12 月 14 日、https://www.iwm.org.uk/history/letters-to-loved-ones.

「一般命令 No. 48」："Soldiers' Mail," 国立第一次世界大戦記念博物館、最終更新日 2021 年 7 月 8 日、https://www.theworldwar.org/learn/wwi/post-office.

「郵便局は〜取り扱ったという」："Archive Record," 国立第一次世界大戦記念博物館、最終更新日 2021 年 9 月 1 日、https://theworldwar.pastperfectonline.com/archive/A346097B-03F6-49BE-A749-422059799862.

「2020 年のこと、お悔みカードが売り切れた」：Michael Corkery and Sapna Maheshwari, "Sympathy Cards Are Selling Out," *New York Times*, 2020 年 4 月 28 日

「アメリカ合衆国の〜大多数は」："USPS Market Research and Insights: COVID Mail Attitudes-Understanding & Impact (April 2020)," United States Postal Service, 最終更新日 2020 年 5 月 1 日、https://postalpro.usps.com/market-research/covid-mail-attitudes.

「歴史の中にわたしたちのもてる場所は現在のほかありはしない。」（What place have we in our histories except the present）という行は、D. H. ロレンスの詩『Under the Oak』の、特に最終行「What place have you in my histories?」に影響を受けている。

THE FELLOWSHIP
フェローシップ／仲間という船

「ミセス・アイダ・B・ウェルズ - バーネットから、アメリカ合衆国大統領ウッドロー・ウィルソンへの手紙」：DocsTeach, 最終更新日 2021 年 9 月 19 日、https://www.docsteach.org/documents/document/ida-b-wells-wilson.

TEXT TILES: THE NAMES
テキストのタイル：名前たち

「名前たち」：Joe Brown, A Promise to Remember: The Names Project Book of Letters, Remembrances of Love from the Contributors to the Quilt (New York: Avon Books, 1992).

「2720 万人から 4780 万人が」："Global HIV & AIDS Statistics - Fact Sheet," UNAIDS, 最終更新日 2020 年 7 月 1 日、https://www.unaids.org/en/resources/fact-sheet.

National AIDS Memorial, 最終更新日 2020 年 12 月 14 日、https://www.aidsmemorial.org/.

REPORT ON MIGRATION OF ROES
「ロウズ」の移住に関する報告書

「赤い夏」：7 月は憎悪のごとく暑くなる。けれどわたしたちは誰よりもこのことをよく知っている。1919 年の「赤い夏」とその前後数年はほぼ間違いなく、アメリカで起きた白人対黒人の暴力のなかでも最悪の時期だった。1917 年から 1923 年までに、国中で少なくとも 1000 人のアメリカ人が人種的衝突で殺害された。すでに高まっていた人種間の緊張はぶつかりあい、流血の惨事となった。現在「黒人の大移動」と呼ばれ

る期間、アフリカ系アメリカ人たちは北部の都市圏に機会を求めて南部の田舎を去った。第一次大戦が終わり故郷に帰還した白人の退役軍人は、かれら黒人労働者を働き口の競争相手だと受け止めた。その一方黒人軍人たちは、海の向こうでの民主主義のための戦いから戻ってきたというのに、基本的人権さえ否定された。さらに人口密度の高い地域はいまだ恐ろしい 1918 年インフルエンザの第三波にあえいでおり、白人たちはしばしば感染拡大をアフリカ系アメリカ人のせいにした。あらゆる要因が渦巻いてクー・クラックス・クランがよみがえり、1918 年には少なくとも 64 件のアフリカ系アメリカ人のリンチが起きた。1919 年の夏以降、流血がいよいよエスカレートするあいだに少なくとも 25 件の人種的暴動が発生した。暴徒化した白人の群衆によって、何百人ものアフリカ系アメリカ人の男性、女性、子どもが生きながら焼かれ、リンチされ、引きずられ、撃たれ、石を投げられ、吊るされ、殴り殺された。何千もの家屋や事業所が焼かれ、黒人家庭は家を、職を失った。白人の加害者には何の罪もくだされなかったいっぽう、(多くは無実の) 黒人のアメリカ人が裁判にかけられ、全員白人の陪審員によって有罪判決を受けた。この国の首都も、人種差別の恐怖という汚点から逃れられなかった。7 月後半の暴力に満ちた 4 日間で、少なくとも 39 名が命を落とし、150 名が負傷した。最終的に、2000 名の連邦軍が投入された (皮肉なことに白人襲撃者の多くは、第一次大戦後に首都に戻ってきたばかりの軍人だった)。1919 年の闘争の季節は、NAACP (全米黒人地位向上協会) の初代黒人現場責任者だったジェイムズ・ウェルドン・ジョンソン (「the Black national anthem」としても知られる「Lift Every Voice and Sing」の作者) によって「赤い夏」と呼ばれることになった。ジョンソンは首都で目撃したことについて NAACP の『*The Crisis*』誌に寄稿している。クロード・マッケイのソネット「If We Must Die」は、赤い夏の聖歌となった。何百もの死の原因となったにもかかわらず、赤い夏 (あるいは 1918 年インフルエンザ) への国家的記念追悼はいまだ行われていない。出典は下記を参照のこと。1919 年のシカゴ暴動についての詩作は、Eve L. Ewing, *1919* (Chicago: Haymarket Books, 2019) を参照。

「1917 年から 1923 年までに」: William M. Tuttle, *Race Riot: Chicago in the Red Summer of 1919* (Urbana: University of Illinois Press, 1996).

「64 件の〜リンチが」: "The Red Summer of 1919," History, 最終更新日 2020 年 8 月 6 日、https://history.com/topics/black-history/chicago-race-riot-of-1919.

----- [GATED]
----- [ゲーテッド]

「ハハッ、わたしたちはえらく傷ついているし、/おそらくはこう思っていた、/あの詩は自分たちについての詩で」という行は、カーリー・サイモンの楽曲「うつろな愛」(You're So Vain) に影響を受けている。

「生きてきた者はだれでも/年代記の編者であり&ひとの手による遺物である。」という行は、アン・カーソンの詩集『*Nox*』、特に「One who asks about things . . . is an historian.」という行に影響を受けている。

Courtney Coughenour et al., "Estimated Car Cost as a Predictor of Driver Yielding Behaviors for Pedestrians," *Journal of Transport & Health* 16 (February 2020): 100831, https://doi.org/10.1016/j.jth.2020.100831.

Natassia Mattoon et al., "Sidewalk Chicken: Social Status and Pedestrian Behavior," California State University, Long Beach, 最終更新日 2021 年 7 月 22 日、https://homeweb.csulb.edu/~nmattoon/sidewalkposter.pdf.

Nicholas H. Wolfinger, "Passing Moments: Some Social Dynamics of Pedestrian Interaction," *Journal of Contemporary Ethnography* 24, no. 3 (October 1995): 323-340, https://doi.

org/10.1177/089124195024003004.

FURY & FAITH
怒りと信念
「怒りと信念」と「朝の奇跡」の2篇に最初に居場所を与えてくれたキラ・クリーブランドと、『*CBS This Morning*』チームの皆さんに感謝している。

THE TRUTH IN ONE NATION
ある国における真実
　タイトルとリフレインの「The Truth in One Nation」は、オーシャン・ヴオンの著作『*On Earth We're Briefly Gorgeous*』（邦訳『地上で僕らはつかの間きらめく』新潮クレスト・ブックス、木原善彦訳）からの「The truth is one nation, under drugs, under drones,」という引用にインスパイアされている。

LIBATIONS
神への献酒
　「神への献酒」の形は、ライリ・ロング・ソルジャーの詩「Obligations 2」の形にインスパイアされている。

MONOMYTH
モノミス
　「この世界がいかに受け継がれていくか、それを描くのがわたしたちの物語だ」（Our tales are how this world is passed）という行は、クリント・スミスの著作『*How the Word Is Passed: A Reckoning with the History of Slavery Across America*』(New York: Little, Brown and Company, 2021) にインスパイアされている。

時系列の資料：

Ben Casselman and Patricia Cohen, "A Widening Toll on Jobs: 'This Thing Is Going to Come for Us All,'" *New York Times*, April 2, 2021, https://www.nytimes.com/2020/04/02/business/economy/coronavirus-unemployment-claims.html.

Derrick Bryson Taylor, "A Timeline of the Coronavirus Pandemic," *New York Times*, March 17, 2021, http://www.nytimes.com/article/coronavirus-timeline.html.

Drew Kann, "Extreme Drought and Deforestation Are Priming the Amazon Rainforest for a Terrible Fire Season," CNN, June 22, 2021, https://cnn.com/2021/06/22/weather/brazil-drought-amazon-rainforest-fires/index.html.

Eddie Burkhalter et al., "Incarcerated and Infected: How the Virus Tore Through the U.S. Prison System," *New York Times*, April 10, 2021, https://www.nytimes.com/interactive/2021/04/10/us/covid-prison-outbreak.html.

Josh Holder, "Tracking Coronavirus Vaccinations Around the World," *New York Times*, September 19, 2021, https://www.nytimes.com/interactive/2021/world/covid-vaccinations-tracker.html.

Kathy Katella, "Our Pandemic Year-A COVID-19 Timeline," Yale Medicine, 最終更新日 2021年3月9日, https://www.yalemedicine.org/news/covid-timeline.

"Listings of WHO's Response to Covid-19," World Health Organization, 最終更新日 2021年1月29日, https://www.who.int/news/item/29-06-2020-covidtimeline.

Thomas Fuller, John Eligon, and Jenny Gross, "Cruise Ship, Floating Symbol of America's Fear of Coronavirus, Docks in Oakland," *New York Times*, March 9, 2020, https://www.nytimes.

com/2020/03/09/us/coronavirus-cruise-ship-oakland-grand-princess.html.

"A Timeline of COVID-19 Vaccine Developments in 2021," AJMC, 最終更新日 2021 年 6 月 3
　日、https://www.ajmc.com/view/a-timeline-of-covid-19-vaccine-developments-in-2021.

The Visual and Data Journalism Team, "California and Oregon 2020 Wildfires in Maps,
　Graphics and Images," *BBC News*, September 18, 2020, https://www.bbc.com/news/world-us-
　canada-54180049.

THE HILL WE CLIMB
わたしたちの登る丘

「歴史に見張られてもいるのだ。」（History has its eyes on us）という行は、『ハミルトン』
の「History Has Its Eyes on You」からの引用である。

謝　辞

　これらの詩の数々を自らも担っていこうとしてくれるあなたに、感謝申し上げます。

　本書の執筆は容易ではありませんでしたが、間違いなく、読むのも容易くはないはずです。ここまで読まれたあなたに、敬意を表します。

　書いているあいだには、海で漂流しているような気分になることもしばしばでした。わたしが岸にたどり着くまで沈まぬように支えてくれた方々に、順不同で感謝をささげます。

　本書は、トンヴァの土地たるロサンゼルスで書かれました。わたしが故郷と呼ぶこの美しい場所の、本来の管理者に感謝します。

　無私で疲れ知らず、わたしの親友であるばかりか家族ともいえるエージェントのスティーヴ・マークには特段の謝意を。わたしが骨の髄までくたびれ果て、疑り深くなっているときでも、わたしと、本書の意義を信じつづけてくれてありがとう。

　いつもやさしく、おおらかに、本書のビジョンを実現させるのを助けてくれた編集者、タマラ・ブラジスに感謝申し上げます。ペンギンランダムハウスのみなさんにも大喝采を。マーカス・ドール、マデリン・マキントッシュ、ジェン・ロハ、ケン・ライト、フェリシア・フレイジャー、シャンタ・ニューリン、エミリー・ロメロ、カーメラ・イアリア、クリスタ・アウルバーグ、マリンダ・ヴァレンティ、ソラ・エイキンラナ、アビゲイル・パワーズ、メリアム・メトウィ、ジム・フーヴァー、オパール・ローンチャイ、グレース・ハン、デボラ・カプラン、そのほか書ききれない方々へ。

　在学中、わたしの文学愛を支え、磨きをかけてくれた英語の先生たちへ——シェリー・フレッドマン（わたしは作家になりたいのだとはじめて気づかせてくれた）、アレクサンドラ・パディラとサラ・ハマーマン（高校時代という拷問のような時期に、寛容に導いてくれた）、ローラ・ヴァンデンバーグ（自分の亡霊から逃げるのではなく、彼らに向

けて書くのだと教えてくれた)、クリストファー・スパイド（鋭くかつ
優しい目をもって、現代詩を教えてくれた)、レア・ウィッティントン
とダニエル・ブランク（わたしが古典文学とシェイクスピアに恋に落
ちる手助けをしてくれた）。他にも恩義ある先生たちへ――ポップこと
エリック・クリーブランドは、わたしの生物学への愛情を支え、本書
の執筆に膝までどっぷり漬かっているときには、生存確認およびまと
もな食生活のチェックをするお父さんみたいなメールを毎週送ってく
れた。バート・バーノコウスキは、本書がよりどころにしている文化
社会学を徹底的に教えてくれた。アルバロ・ロペス・フェルナンデス
とマルタ・オリヴァス、IES（学生国際教育協会）マドリードのチーム
「地震」、そしてわたしのスペイン語学習を温かく見守ってくれたスペ
インのホストファミリー（こんにちは、ピラール、マルーシャ！）にも。
まだちゃんと覚えてるって、ホントよ、まあ……いくらかはね。

　ウィークリー・ライター・サポート・グループのテイラーとナジャ
へ――土曜の朝の FaceTime がなかったらわたしはどうなっていただろ
う？（答えは「まだ本書を書き終わっていない」だ）　ポンポンならぬ
ペンでわたしのチアリーダーになってくれてありがとう。いとこのマ
ヤは、まさに必要としているときに面白いビデオを送ってくれて、い
つでもわたしを笑わせてくれる。

　わたしの両親のような弁護士にして、どんな日でも最後まで働きつ
づけるわたしの2つの脳細胞、タラ・コールとダニー・パスマンは、
出会ったその日からわたしの旅路を熱烈に信じてくれた。ふたりのこ
とを心から大切に思っています。

　ブック・パブリシストのキャロライン・サンとアシスタントのラウ
ラ・ハタナカは、いつだってわたしの時間と正気と創造性を最優先に
考えてくれる不屈のおせっかい焼きで（わたしがその時間をほぼほぼ、
見境なく『スター・トレック』の GIF アニメをあなたたちに送りつけ
ることに使っていても――へへへ）、裏方として疲れ知らずで助けてく
れるコートニー・ロングショアも同様だ。

　シルヴィア・ラビノー、ミシェル・ボーハン、ロモラ・ラトナム、ピエー

ル・エリオット、BSことブランドン・ショウ、カルミン・スペナの信じられないほどの励ましにビッグ・ハグを送ります。獰猛にして素晴らしき広報の剣闘士、ヴァネッサ・アンダーソンとエリン・パターソン、そしてAM広報グループ全体に、女王陛下に値する拍手を。

　高校でのライティングの師にも感謝しています。水曜の午後にやかましい喫茶店で崩れやすいコーヒーケーキをぼろぼろこぼしながら頬張っているわたしの作文につきあってくれた、非営利団体「ライトガール」のミシェル・シャヒーンとダイナー・バーランド。「ビヨンド・バロック」でわたしを導いてくれたインディア・ラドファー。元スピーチ・セラピストであり、わたしの精神的ドッペルゲンガーにしてメンターのジェイミー・フロストに感謝します、祝福を。

　60以上の街、地域、国で青年桂冠詩人をサポートしているプログラム「アーバンワード」に、大いなる感謝を。青年桂冠詩人として務めるという信じられない栄誉を、わたしの人生に何度ももたらしてくれました。わたしのコミュニティ文芸プロジェクト「ワンペン・ワンページ」を援助してくれた「ヴァイタル・ヴォイシズ」、そしてニコ・メレと「マス・ポエトリー」、ジェン・ベンカと「アカデミー・オブ・アメリカン・ポエッツ」のご支援にも感謝申し上げます。

　わたしの詩人仲間のサポートに、深甚なる謝意を表します。議会図書館でともにステージに上がって以来ずっと、わたしの「名づけ詩人」^{フェアリーゴッドポエット}というべきトレイシー・K・スミス。いつでも電話に出て、わたしの練習のためだけにスペイン語でおしゃべりしてくれるリチャード・ブランコ。2020年の就任式詩人に指名されるやいなや電話をくれて、電波ごしにいわば精神のソウル・フードを贈ってくれたエリザベス・アレクサンダー。絶えずその作品でわたしをインスパイアしてくれる、ジャクリーン・ウッドソン、イヴ・ユーイング、クリント・スミス、ルイス・ロドリゲス、フアン・フェリペ・エレラといった詩人のみなさんの魔法にも感謝でいっぱいです。

　何年も前のこと、わたしが何も言えないままその手に一篇の詩を押しつけるのを許してくれたリン＝マニュエル・ミランダにも。マララ、

あなたの友情はこの女の子にとって本当にかけがえのないものよ。オプラ、あなたのメンターシップ、導き、その輝きはなんという名誉でしょう。

メリヘ先生、執筆で病んでボロボロになったわたしのもとへ、あまりに何度も何度も何度も往診に来る羽目になってしまいましたね、わかってます。でも先生はいつだってジョークで笑わせてくださり、涙と鼻水でグズグズになった甲斐がありました。

さあみんな、そろそろおしまいよ！　わたしのガールギャングことアレックス、ヘイリー、ビブ、この本のことをグループチャットで愚痴りまくるのを相手してくれてありがとう。

なによりも、わたしの家族に心から感謝しています。今日のわたしのすべてをつくりあげてくれた、激しく、素晴らしく、恐るべきママ。才能あふれるわが双子にして、おむつ時代からの最強の相棒、ガブリエル（GG）。ひたすら粘り強く、わたしに食事と睡眠とビタミン摂取をさせてくれるおばあちゃん。そして詩を仕上げようと苦吟するそばにいつでもいてくれるもふもふワンコ、ルル。みんなへ、わたしのハートが鼓動するごとに愛を。

神に感謝します。祖先に感謝します。

わたしは黒人作家たちの娘。縛めを断ち切り、世界を変えた自由の闘士たちの裔。かれらがわたしを呼ぶ。わたしはかれらを担いつづける。

愛を、

アマンダ

訳者解説

　アメリカの若き詩人アマンダ・ゴーマンの第一作品集 Call Us What We Carry（Viking Press, 2021）は、現代文学における最新の形と言えるだろう。本書はその実りの全訳である。

　この精緻で果敢な詩集の主題をひと言でまとめるとするなら、喪失の痛み／悼みと再生への決意ということになるだろう。この十年足らずの間に、私たちは未知のウイルスに、非道きわまりない戦争に、無慈悲な災害に、それらがもたらす分断や差別に苦しみ、損なわれ、深い悲しみ（グリーフ）に沈んできた。

　しかしゴーマンは失われたもの、断たれたものを言葉によって取り戻すのだと力強く言う。「わたしたちを新しいものへ駆り立て、そうしながら、たがいを近づけ→一つにする」「それは言葉にしかできないこと」だと。

　2020 年春頃に始まる新型コロナウイルスの疫禍、その百年前に世界を襲ったインフルエンザの大流行、1980 年代に新病として現れた AIDS、第一次大戦以降の数多くの戦争、人種差別、その大元にある奴隷制度、銃乱射事件、無差別殺人、環境破壊、そして 2021 年初めにアメリカで起きた議事堂襲撃事件まで、百年あまりにわたる災禍と向かいあう。

　言うなれば、この詩集は、言葉を手さぐりし、一語一語をつたって、光射す開けた丘の斜面へ辿りつき、他者とのつながりを回復しようと力を尽くす詩人の歩みの記録だ。

◆

　アマンダ・ゴーマンは 2021 年 1 月、ジョー・バイデン第四十六代アメリカ合衆国大統領の就任式に登壇し、自作の詩「わたしたちの登る丘」（The Hill We Climb）を朗読して一躍名を知られるようになった詩人である。

　アメリカ合衆国の大統領就任式に詩人が呼ばれて詩を披露するというのは、1961 年のジョン・F・ケネディ大統領就任以来の習わしであり、ロバート・フロストやマヤ・アンジェロウといった国を代表する有名

詩人が登壇してきた。

　バラク・オバマ氏の二度の就任時には、黒人詩人のエリザベス・アレクザンダーと、ラテンアメリカ系詩人であり土木技師のリチャード・ブランコがその任をはたした。ブランコは、歴代の就任式詩人の最年少、初のラティーノでもあった。

　その最年少記録を塗り替えたのが、ハーヴァード大学を卒業してまもない22歳（式当時）の女性詩人アマンダ・ゴーマンだった。じつに画期的な抜擢だったと言えるだろう。

　ゴーマンが朗誦した詩は、階層や人種の分断をあらわにした米国の国民ならびに世界の人びとに、ふたたび絆を取り戻して光差す未来へと進んでいこうと訴えるものだ。

　その就任式の生中継を深夜のテレビで見ていたわたしは、彼女が謳いあげる詩の美しさとパワーもさることながら、若い詩人の威厳あるたたずまいと、卓越したパフォーマンスに強く打たれた。その衝撃はいまも鮮明に覚えている。言葉と声の力を実感した。

◆

　『わたしたちの登る丘』をご存じのかたは、この第一詩集『わたしたちの担うもの』に対して驚きの念を抱くかもしれない。いや、同作を知らないかたでも、ページをひらいたとたんに、軽いショックを感じるのではないかと思う。

　『わたしたちの登る丘』についてざっとさらっておくと、これは就任式で朗読の最初に「アメリカ合衆国大統領とバイデン博士、副大統領とエムホフ氏、そしてアメリカ国民のみなさんと全世界に捧ぐ」と宣言された明朗な詩である。冒頭は「朝が来るたびに、わたしたちは自問する」と、恐れ、踏み迷うアメリカの姿から出発しながら、次第に回復して自信をとりもどし、最後には、友愛に満ち、多様で理知的なアメリカの像を投射して終わる。それが大まかなスキームだ。

　言ってみれば、己の苦難を直視するところから力強く歩みだし、未来を切り拓こうとする詩である。政治危機とコロナ禍が地球を覆っていた当時（政治危機はその後のロシアによるウクライナ侵攻、イスラエルによるガザ地区封鎖と攻撃、イランのイスラエル攻撃などによっ

て激化している）、アメリカだけでなく、世界中の人たちが必要としている言葉だった。

　この詩のメッセージの要諦は、一つに、アメリカという国の団結であり、絆だ。これをシンコペーションの効いた先鋭なリズムにのせて、ゴーマンは朗々と詠じた。とくに語頭で韻を踏む「アリタレーション（頭韻）」が鮮やかに耳に響く。この駆動力の高いリズムが語の明転とあいまって、高揚感と解放感を醸成していくのが見事というほかない。

　目の前に歴史ページェントが展開されるようなストーリー性と映像喚起力、明晰なメッセージ性、そうしたことが『わたしたちの登る丘』の特徴である。さて、この第一詩集『わたしたちの担うもの』にもその特質はある程度引き継がれているが、目指すところが明確な就任式の詩とは明らかに異なる点もある。実験的な試みがふんだんに導入され、完結する物語ではなく、未完性が強いこと、ストーリーを展開する小説的な「ナラティヴ」ではなく、ときにフラグメンタルポエム的な「ボイス」によって語られていること。

　こちらのほうがゴーマン本来の志向なのかもしれない。

◆

　まず目に留まるのは、そのヴィジュアル性の豊かさだろう。大胆なレイアウトやタイポグラフィーの仕掛けがある。スタイルもきわめて多彩だ。SNSのチャットを模した会話体、魚や議事堂や星条旗やマスクなどの象形、消去詩、日記体、俳句詩、報告書やアンケートの形式、映画脚本の形……。たとえば、「アンケート結果」という長い詩はパンデミックの隔離政策と移住に関する調査に擬態して、黒人差別とジム・クロウ法下のディストピア的な社会を諷刺している。

　それぞれのスタイルに詩人の意図がこめられているのだ。また、ゴーマンはいま欧米で盛んな「スポークンワード」（読まれるテクストに留まらず聴衆の前でパフォーマンスすることを前提とした詩のスタイル。しばしば音楽を伴う）の詩人であり、声に出してリサイト（朗誦）することも意識されているだろう。

　詩を分類しても仕方ないのだが、あえて言うなら、本詩集の多くは基本的に自由詩であり、散文詩にあたる。つまり定型の押韻（ライム）

と韻律（ミーター）をもつ韻文ではない。

　近代散文詩は、ドイツロマン派のノヴァーリス、フランスの詩人ベルトランや象徴派のボードレールに始まり、本書にも引用されている現代カナダの詩人アン・カーソンや、ベトナム系のアメリカ詩人／小説家オーシャン・ヴォンらへとつづく巨大な流れである。ゴーマンはその末裔であると同時に、新たな沃野を切り拓く先駆者であると言えるだろう。

◆

　ゴーマンの詩のスタイル、レトリック、テクニックなどに簡単に触れておく。

　散文詩（Prose Poem）の形式や定義は広範で多様なので、傾向を手短にまとめることは不可能だが、本詩集の多くはボードレールの有名な散文詩のように「センテンスとパラグラフ」の単位でまとまった形をとっていない。「センテンスとパラグラフ」型の散文詩というのは、こういうものだ。

　　開いた窓の外からのぞき込む人は決して閉ざされた窓を眺める人
　　ほど多くのものを見るものではない。蠟燭の火に照らされた窓に
　　もまして深い、神秘的な、豊かな、陰鬱な、人の眼を奪ふやうな
　　ものがまたとあらうか。日光の下で人が見ることの出来るものは、
　　窓ガラスの内側で行はれることに比べれば常に興味の少ないもの
　　である。此の黒い、もしくは明るい空の中で、生命が生活し、生
　　命が夢み、生命が悩むのである。

（ボードレール／富永太郎訳「窓」）

『わたしたちの担うもの』では、「PRE-MEMORY 前記憶」の一部や「MONOMYTH モノミス」などのような例を除き、多くは**リニエーション**（lineation／改行して書くこと）のあるスタイル、つまり「ライン（行）とスタンザ」のまとまりで書かれている。それは、「詩」と言ったときに——古代ギリシャの口承詩の写本にまで遡り——もっとも想像されやすいスタイルだろう。たとえば、こんな形である。

悲劇を受け止め、本を書け。
見よ。自分が溺れている間だけだ
猛烈に蹴る自分の足を実
感できるのは。わたしたちは傷、傷つけられ＆傷にうめく、
深い海。あとどれだけの残骸がその
中にあるのか。どこを見ても、破
壊された体、体、体。文章を書くときには、
「わたし」という主語は使うなと言われた。
この声を消し去ることで
議論が論
理的になるのだと。でも自分があるから
なにより確信できるんだと
わたしたちは気づく──自分の命を、
身体を＆その鼓動を、
ガタガタなりに論旨を通してる。
　　（「難破船のかけらが人間ということさ。」の「エセックスⅠ」より）

　本書のページでは、魚の形に成型するために原文のリニエーション
が変更されているので（これは原書と邦訳書でテクストのデザインを
一致させるという出版契約の条件を守るためには致し方ないことであ
る）、ここで解説しておく。プレーンテキストで打つと上記のような形
で改行がなされているのだ。（「エセックスⅠ」は巻末にプレーンテキ
ストの reflowable バージョンを掲載）
　ライム（脚韻。行末で韻を踏むこと）は、第二行の drowning、第四
行の moaning、第七行の writing などに見られるものの、規則性はない
ようだ。
　訳文では「実感できる」が「実」で切れて、「感できる」が次行に送
られているが、原文では「c」で切れて「an kick」とつづく。can が分
解されて、可能が不可能になっているかのようだ。「破」「壊された体」
のところは、「des」「troyed.」と分かたれて、語そのものが破壊されて
いるし、「議論が論」「理的になる」のところは、「le」「gitimate」が分

かたれて、論理性が崩壊しているかに見える。改行にも文体にもレイアウトにも、一つ一つにゴーマンの意図があるのだ。

　ちなみに、一行の意味のかたまりや構文が途中で切れて、次行にまたがっていくテクニックを**エンジャムメント**（日本の短詩でいう句またがり）と呼ぶが、語の途中で次行に送るこの手法もそのバリアントに当たるのだろうか。

　エンジャムメントの例は本詩集に多くあるので紹介しておこう。これなどは顕著な例だろう。

「ためす」というのはさ　無暗に刺すか
無鉄砲にうって出るかの賭け。
だれがこの世界を
惨禍に変えたのか知りたいんだ
血の赤字で意味をとりもどすレトリックに。
わたしたちは子どもたちに教える：
世に痕跡を残しなさいって。
だれかがひとを撃ちまくる理由なんて
この地球上に

足跡を残そうとする以外にあるかな？
そこに傷跡をつけ＆そうして我がものにするため。
ひとの記憶に残ろうって魂胆、
ずたずたの惨状しか残らないとしても。
子どもたちよ、この地上に傷跡をつけないで。
どうかそのまま
わたしたちが遺したままにして。

（「レクイエム」の「はじめは」より）

「だれかがひとを撃ちまくる理由なんて／この地球上に」で切れて、「足跡を残そうとする以外にあるかな？」と、行ばかりかスタンザまでまたいでつながっていく。SNSのチャットの短い断片的なやりとりを表現していると同時に、直接顔を合わせて話せなかったコロナ禍下の、途切れがちな、いまにも途絶えかねない、人と人のつながりのあやうさも感じさせる。

　また、本詩集では、時勢の変化による言葉の変容ということも語られる。「はじめは」の語り手は、コロナ禍などで「死ぬほど笑う」とか「いっちゃってる」という口語的・日常的な常套句が本来の禍々しい意味をとりもどしてしまったと言い、そのスタンザの後に来るのが上に引いた部分だ。

　take a shot というイディオムなども、ふだんは「一か八かやってみる」程度の意味で使われるものだが、コロナ禍下に銃乱射事件などが日々報道されるなか、残酷な原義が前景化してくる。それを汲んで、訳語にも「無鉄砲」という銃器を思わせる語を入れた。

◆

　それから触れなくてはいけないのは、ゴーマンが得意とする**アリタレーション**（頭韻）だろう。この詩集にも無数に取り入れられている。翻訳でそれを表現するのは困難きわまる。ときには、**アソナンス**（assonance 母音韻。母音を一致させる方法）または**コンソナンス**（consonance 子音韻。子音を一致させる方法）と似た方法、あるいは脚韻で代用する、リズムを近づけるなどの対応で再現に努めた。しかしゴーマンの場合、音もさることながら意味によるメッセージも重要であるため、音より意味を優先して訳し、原語のルビを振った箇所もある。ルビは日本の翻訳文化の大きな武器だ。

　ちなみに、この詩などは、いろいろな押韻や反復表現がつまっている。

This rush of peace runs

So deep it roots us to the spot.

It is true that poetry

Can lamp an era scraped hollow,

A year we barely swallowed.

There is a justice in joy,

Starlit against all that

We have ended, endured&

Entered.

We will not stir stones.

We shall make mountains.

このほとばしる平穏はいたく深みを流れるから
わたしたちはその場に立ちすくむ。
まちがいなく詩は
ごっそり削りとられたひとつの時代に、
わたしたちが飲みくだせずにいる一年に、
明かりを灯す。
喜びを覚えるのはそこに正義があるから、
それはわたしたちが断ち切り、耐え抜き&
携わってきたすべてを背にして
星影に照らしだされる。
石を揺るがそうとせず、
わたしたちが山脈をなそう。

（「決心」の「決然と」より）

　ライム（脚韻）も幾つかあるが、ゴーマンらしいアリタレーション
もある。『わたしたちの登る丘』でも見られるように、grieved（懊悩した）
と grew（大きくなった）や hurt（傷ついた）と hoped（希望した）とい
うふうに対義語をアリタレーションで並べることが間々あるが、上に
引いた詩では、joy（喜び）と justice（正義）のようにポジティヴな語をカップ
リングさせている。
　また、その後の、ended（断ち切り）、endured（耐え抜き）、entered（携
わってきた）のような三連頭韻も彼女の得意技である。ライムに比べ
てアリタレーションには前進させる駆動性があるので、好まれている

248

のだろう。

◆

　本詩集に通底するいくつかのモチーフがある。海、船、難波、海獣（レビヤタン）、亡霊、骨、樹木、草、土（地）、血、傷跡、記憶、悼むこと、名づけること、担うこと……。

　こうしたモチーフを通して、黒人女性としてのアイデンティティや、連帯によるレジリエンス、精神の癒しが追究されていく。これらのモチーフのうち樹木について書いておきたい。

　英米の文学作品には、樹木や草木と女性の関わりがときおり書かれてきた。本詩集の最初に出てくる樹木の詩を一部引用してみよう。

わたしたちは

　　　　　樹木のよう――

ひと目に

　　　　つかないものが

その根_{ルーツ}っこの

　　　　まさに先っちょにある。

へだたりは_{ディスタンス}

　　　　歪めかねない

自分が

　　　　なにものかという

奥の奥にある感覚を。

　　　　　へだたりにひねてへたばる

ふゆにふく

　　　　風のように。わたしたちは

自分が産みだした

　　　　ものから

歩み去らず。

　　　　　　（「レクイエム」の「樹木のように I」より）

　木の枝が四方に伸びているさまが想起されるレイアウトだ。wind の

ほかwe, warped, wasted, winter, will, would, while, swinging, weep, worldなど、wの音のアリタレーションを多用し、まさにwindが枝間を吹きすぎていくサウンドスケープを創出する。訳文で主にhの音に転換されているのはご容赦いただきたい。

この詩における「わたしたち」は自分の自分たるゆえんがわからなくなっている。深いところにあるアイデンティティの実感をdistance（へだたり）によってdistort（歪め）され、warped & wasted（ひねてへたばる）な状態だという。distanceはもちろんコロナ禍の「ソーシャルディスタンス」をも指しているだろう。ちなみに、andの代わりにアンパサンド（&）を使うのはゴーマンの文体の一部なので、訳文でも生かしている。

文学作品において女性が精神的な不調や鬱に陥った際に、草木と一体化の感覚を覚えるという描写がこもごもに思い起こされる。たとえば、ヴァージニア・ウルフの『灯台へ』には、生きがいを感じられず虚ろな思いを抱く一家の主婦ラムジー夫人が木をじっと見つめているうちに同化してしまう場面がある。彼女は心細くなると木や花、川といった自然物に頼ろうとし、モノが自分をあらわしているように感じるのだ。

また、アメリカの詩人ルイーズ・グリュックも、庭での草木との生活を綴った詩集『野生のアイリス』（野中美峰訳）のなかで、鬱傾向のある女性が想像によって木の内側に入りこみ、「泡立ち上昇する」樹液に生気を感じるという詩「朝の祈り」を書いている。

さらに日本の女性作家で言えば、ウルフの『波』へのオマージュ小説である川上未映子の「ウィステリアと三人の女たち」や、小説家の夫のモデルにされ創造的搾取を受けていた妻が樹木になってしまう彩瀬まるの『森があふれる』、他人に善意を受けとってもらえない女性が木になってしまう今村夏子の『木になった亜沙』といった小説にも、草木と女性の同化および融解が描かれている。

文学において、人間、とくに女性の感受力や精神の暗がりを語る際に、草木とのラポール（共感的な交信）や一体化は、重要な役割を担ってきたのだろう。

◆

最後に、アマンダ・ゴーマンの履歴をまとめて紹介しておく。

　アマンダ・ゴーマンは1998年、カリフォルニア州ロサンゼルスに双子の妹として生まれ、シングルマザーの母が教師をしながら姉妹を育てた。

　2013年、その後ノーベル平和賞受賞者となる一歳年上のパキスタンのマララ・ユスフザイにインスパイアされ、国連青少年団の代表になる。2015年には、詩集 The One for Whom Food Is Not Enough（食べ物だけでは充分ではない人）を自費出版し、2016年にハーヴァード大学に入学。2017年には、連邦議会図書館が新設した「全米青年桂冠詩人プログラム」の初代受賞者となる。そう、彼女は若くして桂冠詩人のタイトルを所持しているのだ。この Earthrise（宇宙から見た地球が現れる瞬間のこと）を含む詩のリーディングツアーを全国で行う。

　その後も、ニューヨーク公共図書館などが彼女を支援し、ポエトリー・リーディングなどを催したことで徐々に名を知られていった。そして、2021年の大統領就任式詩人への大抜擢。このとき強く推薦したのは、長年地元のコミュニティカレッジで教えつづけてきたバイデン氏の妻ジル・バイデン博士だとも言われる。

　米国において、公共図書館は非常に大きな力を持つ。就職活動の支援から、そのためのスキルアップ講座、学習困難児への支援、研究のサポート、講演、朗読会、資料の見学会などなど、地域の生活を大きく支えているのだ。

　こうして公共図書館にも支えられてきたゴーマンだが、2023年、いまアメリカの保守派とリベラル派を真っ二つにしている「図書館禁書戦争」に巻きこまれ、フロリダ州にある一貫校の小学部の図書室から『わたしたちの登る丘』が追いだされるという騒動もあった。過激な保守派の保護者が「ヘイト表現を含み教育に良くない」という理由で、小学部の図書室から排除せよという要請を出したのだった。

　いったい「わたしたちの登る丘」のどんなところが禁書に値するのだろうか。本詩集の最後にも収録されているので、この主張が適当かどうか、どうぞ確かめていただきたい。

　最後にお礼を申し述べたい。まず、本書に引用されたテクストは本

書中の英文から私が文脈に合わせて翻訳したが、オーシャン・ヴオンの『地上で僕らはつかの間きらめく』の訳文・邦題は木原善彦氏からお借りした。分厚い詩集を一冊訳すのが初めての私にとって、本書の翻訳はおそらくこれまで手がけてきたうちで一、二を争う難度を伴った。実験的な詩の技術や押韻のみならず、さまざまな言語的仕掛けやイメージの飛躍がすさまじく、これには頭を抱える日がつづいた。

　そのうえ、原書とヴィジュアル面をまったく同じに揃えなくてはいけないというのが出版契約の一環だったため、編集担当の髙橋夏樹さんにはたいへんなご苦労が降りかかった。髙橋さんには巻末の長大なNOTEと謝辞の訳出もお手伝いいただき、その鮮やかなお仕事ぶりに脱帽した。また、翻訳部長の永嶋俊一郎さん、デザイナー大久保明子さん、校閲の方々、みなさんに最後の最後まで助けていただいた。心より感謝を捧げます。ありがとうございました。

鴻巣友季子

付録：エセックス I (Reflowable Text Format)

悲劇を受け止め、本を書け。
見よ。自分が溺れている間だけだ
猛烈に蹴る自分の足を実
感できるのは。わたしたちは傷、傷つけられ＆傷にうめく、
深い海。あとどれだけの残骸がその
中にあるのか。どこを見ても、破
壊された体、体、体。文章を書くときには、
「わたし」という主語は使うなと言われた。
この声を消し去ることで
議論が論
理的になるのだと。でも自分があるから
なによりも確信できるんだと
わたしたちは気づく――自分の命を、
身体を＆その鼓動を、
ガタガタなりに論旨を通してる。
教えてほしい、消し去れなかったものより
力強いものはあるか。あの船乗りたちは
波間に漂って
何か月もすごし、自分たち以外の顔を
見ることもなく、灼熱の海で
色褪せた。それなりに長く待てば＆
少年らも獣のように棘をもち、鬣を胸に
スカーフのごとく垂らすようになる。一体
生き残るもの、救いだされるものは、こんなにも
野蛮であれと言うのか？　ここが
わたしたちの生まれ出でる海か、動物ではなく、
人間らしい存在として？　疲弊しきり。
足を引きずり。心張りつめて。イエス。それでも

人間。＆人間。言い換え
れば、わたしたちは自分が狩るものになる。獲物と
同じように考えはじめても
それは仕方がないのだ。
殺戮が夜に掛けた世界の
ランプに油を注ぐ。
わたしたちの一世紀は丸ごと血で
真っ赤に染まっていた。鯨が
船を屠ったとき、間違いなく
その憎しみが生き物
に宿った。捕鯨とは戦争に
行くようなもの、帰還できないかも
しれない、その読み解きがたい難破の残骸から。こうして漂流
しているのは揺れる、小さなボートであり、座
礁した乗組員らは約束の地から
引き返した。人食いたちを恐れ、
あの異人の赤いおとぎ話を恐れて。
その一つの決断は彼らの恐怖を
荒れ狂う大海原ほどに
広げた。わたしたちはそれとどこが違ったろう、
綻び、魂を奪われ、
喪った傷がそれより小さい者はいたか。喪失の謎は
解きがたい。すでに滅びているのに
救われることなんてあるのか。
熱病にとりつかれた幾月が過ぎたいま、ようやく
わたしたちには見える、
蒼い悪夢のしっぽの先に、
友人たちの肉体が
悪夢の牙とじかに触れあうのが。彼らは仲間の
乗組員をすでに七体食べていた。わたしたちは

自らが逃げてきたものになり
＆自らが恐れていたものになる。
だれが光の
代価を
払うのか。わたしたちは
間違っているのかもしれない。
わたしたちはよく過つ。
でも、こう信じるのは拒否しよう、
わたしたちの学ぶすべは、
鞭打と悲嘆、災いの灰燼しかないなどと。
俗説に反して、わたしたちが嘘をつくのは
容易くない。身体にさえ手がかりがあり、血すら
が真実に向かって
流れる。わたしたちは生まれつき善いもので、ひとを信頼し、
限界を知らない、愛するものたちと共にあり、
排除されることもない。見よ——わたしたちの　　手のひらは
ひらきながらも空っぽではない、
いま花開きゆくなにかのように。わたしたちは　　前に
進みながら、なおも抱えつづけるのだ
この　　　一つかぎりの命を。

CALL US WHAT WE CARRY
by Amanda Gorman
Copyright © 2021 by Amanda Gorman
Japanese translation rights arranged with Writers House LLC
through Japan UNI Agency, Inc., Tokyo

わたしたちの担うもの

2024年6月30日　　　第1刷発行

著　　者　　アマンダ・ゴーマン

訳　　者　　鴻巣友季子

デザイン　　大久保明子

発 行 者　　大沼貴之

発 行 所　　株式会社　文藝春秋
　　　　　　東京都千代田区紀尾井町3-23（〒102-8008）
　　　　　　電話　03-3265-1211（代）

印 刷 所　　理想社

製 本 所　　大口製本

ISBN 978-4-16-391866-2　　　　　Printed in Japan